Jorge Luis
Borges
Adolfo
Bioy Casares

Nuevos cuentos de Bustos Domecq

布斯托斯·多梅克故事新编

[阿根廷] 豪尔赫·路易斯·博尔赫斯 阿道夫·比奥伊·卡萨雷斯 著

陈泉 译

上海译文出版社

目 录

1_ 生死友谊

13_ 超越善恶

35_ 魔鬼的节日

57_ 他朋友的儿子

93_ 昏暗与华丽

103_ 荣耀的形式

115_ 审查的头号敌人

125_ 靠行为得救

141_ 厘清责任

生死友谊

一位年轻朋友的来访总是非常圆满。在这乌云密布的时刻，如果你不能跟年轻人在一起，那最好还是留在墓地。于是，我非常有礼貌地接待了贝尼托·拉雷亚先生，并且还建议他到街角的一家乳品商店会合，免得麻烦我太太。我太太清扫房间的时候，脾气越来越不好，我们只好换个地方。

你们中有人可能会记得这位拉雷亚先生。他父亲去世以后，继承了一些小钱，还继承了家族的一座大庄园，那是他父亲从土耳其人手中买下的。那些小钱都花在了吃喝玩乐上，但是他并没有卖掉那座在他身边逐步衰败的白玉兰庄园。他甚至没有离开他的房间，整天沉迷于沏马黛茶和做木工这两项爱好。他宁愿穷得体体面面也不愿意在任何时刻做不体面的事情，或者跟黑社会有什么瓜葛。贝尼托现在已经三十八岁了。我们都越来越老了，谁也无法逃脱。而且，我还看到他总是情绪沮丧，连送牛奶的人上门送奶时，他也从不抬起头来。隐隐约约地发现他生活过得不如意，于是我告诉他，好朋友随时都愿意帮他一把。

"布斯托斯先生！"他痛苦地说，一边还趁我不注意偷了一个羊角面包，"我已经快被淹到耳朵了，如果你再不帮我一把，什么荒唐的事情我可都能做得出来。"

我想他肯定会扯我的袖子向我借钱，我时刻提防着。这个年轻朋友摊上的事还要严重得多。

"这个一九二七年对我来讲是糟糕的一年，"他解释说，"一方面，饲养患白化病的兔子，这是隆戈巴迪报纸上那种豆腐干小广告所号召的，把我的庄园搞得千疮百孔，到处都是洞穴和绒毛。另一方面，我在体育彩票和跑马比赛中都没有中过一个比索的奖。老实跟你讲，我已经到了非常危险的境地。瘦牛的影子已经出现在地平线上。在我们那个街区，商店已经不愿意再给我赊账，老朋友们远远地看到我都会绕道避开。我求助无门，处处碰壁，于是我只好决定求助黑手党。"

"在卡罗·莫尔甘蒂自然死亡周年的时候,我穿着丧服参加了塞萨尔·卡皮塔诺在奥罗尼奥大街的小洋楼举行的纪念会。我没有用金钱方面的问题惹'教父'心烦,因为他最不喜欢这样的坏品味。我让他明白我的到场没有一点儿私心,纯粹是为了表达我对他卓越领导的事业的追随之情。我本来非常担心纪念会开始阶段那冗长的仪式,人们对此谈论得够多了。但是现在,你看到了,他们向我敞开了黑手党的大门,好像罗马教皇的特使在支持我。堂·塞萨尔先生在与我单独交谈时,告诉了我一个让我感到非常光荣的秘密。他跟我说,由于他的地位太稳固而招来了很多的敌人。还说他最好到一座几乎被遗忘的、枪子儿也打不着的庄园去住上一段时间。而我正好是一个不愿意错失机会的人,我立马就回答了他:

"'我正好拥有您在寻找的东西:我有一座白玉兰庄园。位置也是很合适的:对认识路的人来说其实并不远,但是众多的兔窟鼠洞会让陌生人望而却步。我以朋友的名义提供给您,甚至供您免费使用。'

"这最后一句话可谓一锤定音,是当时那情形所必须的。

为了彰显大人物所拥有的那种大方，堂·塞萨尔先生问道：

"'吃住全包？'

"为了不输任何人，我回答他：

"'您还可以拥有一位厨师和一个小工，就像拥有我一样，这样能满足您哪怕最任性的各种需要。'

"我感到自己被上下打量。堂·塞萨尔先生皱了皱眉头，他对我说：

"'还说什么厨师小工的呀。我相信你，一个陌生的外人也许已经是在瞎胡闹了，我发疯也不会同意别人再插足咱们俩之间的秘密的。他们会把我像卖废铜烂铁一样卖给康伯萨奇家族的。'

"实际上根本就没有什么厨师，也没有什么小工。不过我答应他当天晚上就会把那两个人辞退。

"大老板皱了皱眉头，告诉我：

"'我接受了。明天晚上九点钟声敲过，我就会提着行李，在北罗萨里奥等你。让大家以为我要去布宜诺斯艾利斯！你什么也不要讲了，马上离开这里；人们总是会打坏主意。'

"这是我的计划中最耀眼、最成功的部分。我高高兴兴地跨出大门，离开了。

"第二天，我从屠夫科塞尔借给我的钱中取出相当部分，向邻居借了一辆四轮大马车。我自己当起了车夫。从晚上八点开始，我就在车站的酒吧里等他，每隔三四分钟就要探头看一下是不是有人偷我的车。卡皮塔诺先生还是来晚了，要是乘火车的话，他肯定误车了。他不仅仅是一个胆大妄为的家伙——这在非常看重行动的罗萨里奥地区来说是既受欢迎又令人生畏的——而且还是一个滔滔不绝的金嘴巴，根本就没有你插嘴的机会。直到鸡叫时我们才精疲力尽地赶到。喝了一杯香喷喷的牛奶咖啡以后，客人又精神抖擞起来，马上重新捡起话题。短短几分钟的时间就足以显示出他对纷繁的歌剧世界非常了解，特别是对于恩里科·卡鲁索[1]的歌剧生涯的了解。他赞美前者在米兰、巴塞罗那、巴黎的成功，在纽约歌剧院以及在埃及和联邦首都的成功。因为家里没有唱机，他便模仿偶像在《弄臣》和《费朵拉》的音色高歌起来。由于我显得那么深信不疑，因为我对音乐了解甚少，仅限于拉

---

[1] Enrico Caruso（1873—1921），意大利男高音歌唱家。

扎诺[1]，于是他就引经据典，让我心服口服。他自己说曾经为卡鲁索在伦敦的一场演出就付了三百英镑，还提到在美国，黑手社组织曾经以杀死他相威胁，要勒索他很多很多的钱，在黑手党的干预下才阻止了那些恶棍违背道德实现他们阴谋的行为。

"恢复体力的午觉一直持续到晚上九点钟，解决了吃午饭的问题。没过多久，卡皮塔诺站了起来，挥舞着手中的刀叉，餐巾系在后颈，唱起了《乡村骑士》，虽然不够完美，但是声音洪亮。双份肉糜，再配上一瓶奇安蒂红葡萄酒，共同支撑了他口若悬河的讲话；我被他的口才征服，虽然几乎没有尝上一口饭，不过我还是了解到不少卡鲁索私下和公开的轶事，几乎可以应付一场考试了。虽然令人讨厌的睡意越来越强烈，我却没有落下他讲的任何一句话，也没有忽视一个主要的事实：客人不太关注口中吞咽的食物，而只关注他的演讲。凌晨一点钟他回到我的卧室，而我则在唯一一间淋不到雨的柴草房安顿下来。

1　José Razzano（1887—1960），乌拉圭歌手、作曲家，阿根廷探戈歌王卡洛斯·加德尔的搭档。

"到了第二天,当我麻木的身体醒来,准备戴上厨师帽的时候,发现储藏室里的粮食没剩多少了。这不是什么怪事:尽管我的朋友科塞尔特别喜欢放高利贷,但是他还是提前告诉我,他不会再借给我一个铜板;从我的日常供货商那里,我只搞到猫牌马黛茶、一点点糖和一些可用作果酱的橘子皮碎片。我十分慎重地告诉了所有人,我的庄园里住着一位能够施展得开的大人物,很快我就会不缺钱花了。但是我讲的话没有产生任何效果,甚至我想,他们根本就不相信我说的关于收容的事。面包店老板马内格利亚更是过分,他当面顶撞我说,他已经厌恶我骗人的假话,并要我别指望他的慷慨大方,哪怕是喂鹦鹉的一点点面包屑。非常幸运的是我遇见了杂货店老板阿鲁蒂,我纠缠他直到搜刮出一公斤半的面粉,使我能够勉强撑过一顿午饭。对想跟虚荣的人交往的基督徒来说,世界并不是鲜花满地。

"当我买好东西回来,卡皮塔诺正睡得像死猪一样,鼾声四起。当我第二次按响喇叭——这是法院拍卖那辆斯蒂庞克汽车时我拯救下来的老古董——他骂骂咧咧地从床上跳了起来,很快就喝完了两碗马黛茶外加奶酪碎屑。直到这时,我才发现门旁边放着一把令人胆战心惊的双管猎枪。你一定不会相信，但是我尤其不喜欢住在由魔鬼掌管的武器库里。

"就在我拿出三分之一的面粉，准备给他做意大利丸子当午餐的时候，塞萨尔先生没有浪费他黄金般宝贵的时间，进行了一次大搜查。他一个一个地打开所有的抽屉，结果发现了一瓶我遗忘在木工间的白葡萄酒。他就着丸子，居然喝光了那瓶酒。更让我瞠目结舌的是他竟然还演唱了卡鲁索的《罗恩格林》。大吃大喝、夸夸其谈之后睡意袭来，下午三点二十分他就上床睡觉了。我在里边洗着盘子、杯子，哀叹着又一个痛苦的问题：今天晚上给他做点什么？一声令人恐惧的呼叫把我从思考中惊醒，只要我活着，我必须永远牢记在心：现实比我们所有的预想更加恐怖。我的老猫'叉杆儿'按照它的老习惯，不小心来到我的卧室，结果被卡皮塔诺先生用指甲剪割断了喉咙。很自然，我为之感到十分惋惜，但是在我的内心深处，不免庆幸它十分有价值的贡献，因为它为我们的晚餐菜谱提供了食材。

"真是令人震撼、急转直下。吞下了猫以后，卡皮塔诺先生竟把音乐方面的话题抛到一边，开始展示他对我的信任，向我透露他最最秘密的计划，都是些我觉得根本就行不通的计划。你一定不会相信，这让我毛骨悚然。那计划是拿破仑式的，它不仅包括用氢氰酸毒杀康伯萨奇本人及其家族，而且还包括对形形色色同伙的灭口：封希，小便池炸弹魔术师；萨皮神父，肉票儿的忏悔牧师；毛罗·莫尔普戈，别名'髑髅地'；以及阿尔多·阿尔多布兰迪，死神小丑。所有这些人或多或少的都会轮到。塞萨尔先生一拳砸烂了玻璃杯，对我说：'对于敌人就没有什么正义可言。'他这么说是有道理的。讲了如此激烈的话以后，他抓起软木塞，以为是饼干，差点儿噎死。他终于吼了起来：

"'来一升葡萄酒！'

"这是照亮黑暗的一道光。我在一大杯水中滴了几滴色素，随即被他一饮而尽，并使他摆脱了困境。这件看上去微不足道的小事，却让我直到清晨鸟儿叽叽喳喳叫起来的时候，也没能睡着。我从来没有哪个晚上会这样思来想去一整夜！

"我有棉花和樟脑丸。用这些配料，我为星期二的大胃王做了一大盘较前次略寒酸的丸子。一天又一天，我巧妙地不断增加剂量而未受惩罚，因为塞萨尔先生正热衷于卡鲁索或者沉迷于他的仇杀计划。但是，我们这位沉迷音乐的人，还知道重新回到大地上来。请相信我，他曾不止一次指责我是老好人：

"'我看你太瘦了。你得多吃点，尽量多吃点，亲爱的拉雷亚。我最最希望的是你精力充沛、精神抖擞。我的复仇需要你。'

"同从前一样，骄傲又一次毁了我。在听到早晨送奶工人的第一声喊叫时，我的计划整体上已经成熟了。命运之神让我在一本过期的《信使年历》中发现一些压得平平整整的钞票。我煎熬着不用这些钱去喝两杯牛奶咖啡，而是马不停蹄地去购买木屑、杉木板和颜料。在地下室，我不知疲倦地用这些材料制造了带有铰链的木头蛋糕，超过三公斤重，而且我还艺术化地把它涂成了栗子色。一把长期不用、走音失调的吉他，给我提供了一套销钉和插销，我把它们精心铆接成装饰花边。

"我漫不经心地把这个杰作献给了我的保护人，他特别喜欢，张嘴就咬，可他的牙齿远不如美食坚固。他大骂了一句，站起身，右手拿起猎枪，命令我最后一次祈祷万福马利亚。

你能看到我哭得有多伤心。我都不知道是出于鄙视还是出于怜悯，老板同意让我的生命再延长几个小时，他命令我：

"'今天晚上八点，当着我的面，您把这个蛋糕吃掉，不得留下任何碎屑。如果做不到，我就杀了您。现在您自由了。我知道您不敢告发我也不敢试图逃跑。'"

"这就是我的故事，布斯托斯先生，我请求你救救我。"

情况确实非常微妙。卷进黑手党的事，跟我的作家身份毫不相称；然而，要我抛弃一位青年，让他听天由命，也是需要一些勇气的，但是最基本的理智劝阻了我。他得为自己收容人民公敌住在他的白玉兰庄园忏悔！

拉雷亚尽力站起来，向死亡出发。要么被木屑噎死，要么被子弹打死。我毫无怜悯地看着他。

超越善恶

一

清水酒店，艾克斯莱班

一九二四年七月二十五日

亲爱的阿维利诺：

请你原谅，我这里还没有公文信笺。今后在下面签字的人将是正式的领事先生了，在这个先进的城市、温泉麦加代表着国家。就像我现在还没有法定的信笺和信封一样，也没有给我提供一个能够让蓝白相间的国旗飘扬的住处。在这个过渡时期，我想尽各种办法在清水酒店安顿了下来。结果发现这家酒店已经垮台了。在去年的旅游指南里它甚至被冠以三星级酒店，而现在，那些华而不实且不值得信任的酒店已使它黯然失色。由于它们刊登的广告，现在它们属于宫殿系列。说得明白一点，酒店的条件并不能给我这个克里奥尔卡萨诺瓦提供令人满意的前景。酒店的服务员对住客挑剔的胃口反应迟钝而且态度很差，至于住客嘛……我就不提那些与此毫不相干的人的名单了。下面我来谈一些激动人心的消息，这里最不缺少的就是自命不凡的妇人，她们都是被所谓含硫水能治病的法达摩加纳蜃景吸引过来的。请耐心一点，兄弟。

老板 L. 杜尔丹先生，我要毫不犹豫地宣布，他是这家酒店活着的第一大权威，他不会放弃任何机会来炫耀这一点，并极尽可能地让所有人听到。我很快就了解到他跟女管家克莱门缇娜私下里的关系。我向你发誓，确实有好几个晚上我根本就睡不着觉，因为那些谎言谣传辗转反侧。

到最后我终于好不容易忘掉克莱门缇娜，可是那外国酒店的鼠害又开始跟我捣蛋了。

咱们还是来谈谈让人心平气和的话题吧。为了能够让你明白，我想简单地介绍一下我们所处位置的大概情况。你可以想象一下，在两条山脉之间有一条狭长的谷地。如果你要把这两座山同我们的安第斯山脉进行比较的话，那我要说实在微不足道。如果你把这里名声大噪的猫牙山放到阿空加瓜山的阴影下去比较的话，你将需要用显微镜来寻找它。宾馆的那些小公共汽车以其独有的方式让城市交通变得快乐，车里挤满了去温泉水疗的病人、痛风患者。至于温泉疗养所的那些建筑，最愚钝的观察员也会说那好像是我们宪法车站的缩小版仿制品，气派确实逊色很多。郊区有个小不点的湖，不过垂钓者等一切倒是五脏俱全。在蓝色的天空中，飘动的云朵有时也会降下雨帘，这是因为那些高山使空气不能流通。

我要指出，我最最担心而且苦恼的一点是：完全见不到阿根廷人，不管他有没有关节炎，至少现在这个季节是如此。请注意这个消息可不能传到外交部去哟。如果他们知道的话，会把我的领馆关掉的，天知道将会把我派到什么地方去。

这里找不到一个老乡聊聊天，也没有可以打发时间的办法。在什么地方能够碰到一个陌生人玩一把扑克呢？尽管对两个人的游戏我也并不是特别感兴趣。没用的,这个深渊很快就会更加深不见底,因为这里没有我们老百姓口中的交谈话题,天儿也聊不起来。外国人都是非常自私的,除了他们自己的事情,对什么也不感兴趣。这里的人们只给你讲就要到来的拉格朗日家的事,别的什么也不跟你说。我坦率地跟你说:这一切跟我又有什么关系?拥抱莫里诺咖啡馆吧台所有的朋友们。

你的,

菲利克斯·乌巴尔德,永远的印第安人

二

亲爱的阿维利诺:

你的明信片给我带来了一点来自布宜诺斯艾利斯的人情味儿。你可以告诉那些朋友们,印第安人乌巴尔德永远期待着能够重新回到那亲爱的吧台。这里一切都是老样子。

人们还是没有习惯马黛茶，但是，尽管可以预见到种种的不便，我仍然会坚持我的誓言，在国外期间每天都喝马黛茶。

重磅消息嘛一个都没有，除了前天晚上，高高一大堆行李箱和包袋堵塞了整个过道。波亚雷是个非常爱抱怨的法国人，他的抗议声叫上了天。但是当有人告诉他所有这些东西都是拉格朗日家的，或者更确切地说是格朗维利耶-拉格朗日家族的以后，他就平心静气地离开了。传说这是一些地位显赫的阔老爷们。波亚雷告诉我的情况是这样的，格朗维利耶家族是法国最古老的家族，但是在十七世纪末，由于我也讲不清楚的糟糕情况，稍稍修改了名字。用不着教老猴扮鬼脸；我不是那种轻易被糊弄的人，我直截了当地提问，这个让两位酒店老板点头哈腰的家族是不是真的阔老爷，或者只是口袋里装满了钱的移民后代而已。在上帝的葡萄园里，什么样的人都有。

还有一个看上去平凡无奇的插曲，我却感到挺有意思。在餐厅里，当我坐在自己的老位置上，一只手举起勺子，另一只手拿着面包的时候，一位学徒跑堂跑过来，建议我移驾到另一张靠近大门的应急小桌子,那里是端着饭菜的服务员快步进进出出的交通要道。我差点要发脾气,但是外交官,你知道的,必须克制自己的冲动,于是我选择了善良地接受这个也许并不是酒店老板签发的命令。在我撤离的地方,我清楚地看到这些服务员怎样把我的桌子拉到另一张更大的桌子旁边,看到餐厅的高层怎样奴颜婢膝地讨好即将到来的拉格朗日家族。我的君子之言是,人们对他们当真不是随便招待。

首先吸引克里奥尔的卡萨诺瓦关注的是两位姑娘,她们看上去像是姐妹,只是姐姐有点雀子斑,红棕色头发;妹妹的脸型跟姐姐一样,但是皮肤黝黑,略显暗淡。一个身材魁梧的人,应该是她们的父亲,时不时地向我投来恼怒的目光,好像我是个窥视狂。我没有理睬他,而是开始仔细打量其他人。一旦我稍有时间,我就会详详细细地给你介绍的。现在我要抽上今天的最后一支雪茄,去睡觉了。

拥抱你,

印第安人

三

亲爱的阿维利诺：

也许你饶有兴趣地读过我关于拉格朗日的文字。现在我可以再扩充一点。仅限于你我之间，我要说最最和蔼可亲的是爷爷，这里大家都叫他男爵先生。这是个妙人：他其貌不扬，骨瘦如柴，猕猴般的身材，橄榄色的皮肤，但是拄着马六甲拐杖，穿着高级的蓝色外套。我的第一手资料显示他已经丧妻，他的教名是阿莱克西斯。就这些。

在年龄上，排在他后面的是儿子加斯东和夫人。加斯东已经五十几岁了，看上去更像是一个面色红润的屠夫，他时时刻刻看护着自己的妻子和女儿们。我不知道为什么他要对那妻子如此关心。两个女儿就是另一回事了。若不是因为有更漂亮的杰奎琳，红棕色头发的尚塔尔我简直看不够。两个女孩机灵活泼，我敢向你保证，两个都是非常赏心悦目的，而爷爷则是博物馆的展品，他会在娱乐的同时，使你明白事理。

让我伤脑筋的是这个疑问：他们是不是真的有钱人？

请你理解我：我丝毫不会看低那些出身低微的人，但我也从来没有忘记自己是领事，我必须保持——虽然过度也不必要——一定的体面。一步踏空，就会永远抬不起头来。要是在布宜诺斯艾利斯，你是不会有任何风险的：身份显赫的人，离开半条街也会嗅得出来。这里，在国外，一个人会晕头转向：你不知道老百姓会怎么讲话，有教养的人又会怎么讲话。

拥抱你，

印第安人

四

亲爱的阿维利诺：

乌云消散了。星期五我无意中到了门房接待室。我趁门卫睡意正浓之际读到一则备忘录："上午九点，男爵 G. L. 先生，牛奶咖啡和带黄油的羊角包。"

我知道这些消息也许并没有什么了不起，但是信息量还是很丰富的，非常值得你妹妹的关注，她对上流社会发生的一切事情都怀有浓厚的兴趣。你可以用我的名义答应她，我会给她提供更多资料的。

拥抱你，

印第安人

五

我亲爱的阿维利诺：

对于一位阿根廷观察员来讲，与最古老的贵族交往，必然会引起真正的兴趣。在这微妙的领域，我可以向你保证，我是从大门进去的。在冬天的花园里，我邀请波亚雷尝试马黛茶，但没有取得多大的成功，这时格朗维利耶一家出现了。他们也就很自然地上了桌子，这是一张长长的桌子。加斯东准备点燃他的哈瓦那雪茄烟，正在摸着自己的口袋，却发现没有火柴。

波亚雷想抢在我前面，但是你认识的克里奥尔人抢先一步给他递上火柴。就这样我上了我的第一堂课。贵族先生连谢都没有谢我，好像我们什么也不是，就满不在乎地抽起他的烟，一边还把好友牌雪茄盒放进自己的短外套里。这种姿态，还有更多的类似做法，对我来说是一种启示。我一下子就明白了，自己是在另一种阶层的人面前，他们是筹划大事情的人。我应该如何想办法进到那样一种有范儿的世界里去呢？这里我不能详细地告诉你在精心策划、努力开展的攻势中所碰到的各种痛苦遭遇和不可避免的障碍；总之，我两点半钟就跟他们一家人热络起来了。我非常得体地跟他们交谈，对他们的问题一一迅速回应，简直像回声一样应答着"可以可以"，而背后却是另外一副样子，强压着我内心深处冒出来的鬼脸和怪腔。我神秘的微笑和暗示的眼神都是给有雀子斑的尚塔尔的，结果大家的座位关系，却落到了胸部不那么丰满的杰奎琳身上。波亚雷以天生的奴颜婢膝为我们每人点了一杯茴香酒；为了不甘示弱，我猛地跳了出来，大喊一声："给每个人上一杯香槟！"服务员起初以为我在开玩笑，直到加斯东的半句话让他住了口。每开一瓶香槟就像一枚子弹射入我的胸口。当我溜到露台上，希望空气能够重新恢复我的体力的时候，我在镜子中看到自己的脸简直比账单纸还要白。阿根廷的公务员必须履行自己的职责，没几分钟，我就重新投入了工作，基本恢复了状态。

谨此，

印第安人

六

亲爱的阿维利诺：

酒店里搞得乱七八糟。这个案子连警犬灵敏的嗅觉都无能为力。根据克莱门缇娜和其他相关权威人士透露，昨天晚上，在法式甜品店第二层托架上，还放着一个不大不小的瓶子，上面贴有骷髅和尸骨标志，写明是灭鼠药。今天上午十点，这瓶药不翼而飞了。杜尔丹先生毫不犹豫地采取了在这种情况下必须的预防措施；出于一种信任，这是我永远不会轻易忘记的，他派我飞速赶到火车站去寻找警察。我逐一完成了任务。我们一赶回酒店，警察就开始调查大部分人，直到深夜，结果一无所获。警察找我了解情况，在一起聊了相当长的时间，我回答了几乎所有的问题。

警察检查了所有的房间，我的房间也是仔细检查的对象，结果留下了满屋的烟灰和烟蒂。那个傻瓜波亚雷，他与权贵们很熟，当然，还有格朗维利耶家族，没有受到侵扰，报告丢失灭鼠药瓶子的克莱门缇娜也没有被盘问。

大家一整天都在议论"灭鼠药消失"（正如某家报纸所声称的那样）的话题。有人一天没有吃饭，因为害怕毒药已经渗透进了饭菜之中。而我仅仅拒绝蛋黄酱、蛋卷和萨巴雍酱，因为它们都像灭鼠药那样是黄颜色的。个别发言人则怀疑有人准备自杀，但是这可恶的预言至今也没有成真。我会继续关注事态的发展，将在下一次告诉你事情的经过。

再见，

印第安人

七

亲爱的阿维利诺：

　　昨天，我一点都不夸张，发生的事就是一部风云突变的小说。它考验着男主角的冷静（也许你已经猜到他是谁），最后的结局却出人意料。我终于发动了攻势。

　　早饭的时候，姑娘们挨个桌子把郊游的单子放在餐席上。我及时地利用咖啡壶鸣叫的机会讲了悄悄话："杰奎琳，待会儿如果咱们去湖边……"即使你认为我是骗子，我还要说，她给我的答复是："十二点钟在小茶厅。"十点不到的时候我就开始准备了，我预想着玫瑰色的未来，强压住内心的焦躁不安。最后杰奎琳出现了。我们一秒钟也没有耽搁就溜到了室外，这时我发现他们全家人都跟在我身后。甚至波亚雷也混了进来，凑热闹地跟在后边。我们乘酒店的巴士，这样可以更便宜些。如果早知道湖边有一家饭店（有点糟糕的是，还是一家豪华饭店）的话，我宁愿咬断舌头也不会提出散步这档子事，但是已经来不及了。那贵族先生把持着餐桌，手里抓着刀叉,把面包小筐吃个精光,正在要菜单。波亚雷在我的耳边大声地说:"恭喜你,我可怜的朋友。很幸运,开胃酒的时间过了。"这个违心的建议可没有白说。杰奎琳自己就第一个要了巴斯克苦开胃酒,而且还不止一杯。然后就轮到美食了,自然少不了肥鹅肝,也少不了野鸡。从烤小牛肉到里脊肉,最后还有焦糖布丁。勃艮第葡萄酒和博若莱葡萄酒使大家食欲大增。咖啡、阿马尼亚克干白兰地和雪茄更为这顿饕餮增色不少。连加斯东这个傲慢的家伙都不计较我们之间的差别了,男爵先生亲自把醋瓶递到我手中,尽管是空的,我真想雇一位摄影师,把这个瞬间拍下来寄回莫里诺咖啡馆。我已经想象到这照片陈列在玻璃橱窗里的样子了。

我讲的修女和鹦鹉的故事让杰奎琳笑个不止。紧接着,所有献殷勤的话题都用完了,焦虑之余,我就讲了当时最先想到的事情:"杰奎琳,待会儿咱们一起去湖边怎么样?""还要待会儿吗?"她反问,这可让我目瞪口呆,"咱们马上就去。"

这次没有人跟着我们了。他们好像是菩萨捧到了饭碗不走了。就我们两个人。我们几乎到了说说笑笑、打情骂俏的程度,当然是在许可的范围内,因为我的女伴身份高贵。阳光舞动着湖面上的人影，大自然以和谐的曲调相和。绵羊在栏里咩咩地欢叫，山上的牛儿也在哞哞地回应，附近教堂的钟声正以它的方式祷告。但是，还得保持严肃，于是我无动于衷，像个斯多葛派，我们回去了。有个愉快的惊喜在等着我们。在这期间，饭店老板借着下午关门的借口，让波亚雷支付了所有的费用，还包括一块表，他现在正像留声机一样经常重复着"敲竹杠"。你一定会赞成，像今天这样的好事真让人重新燃起生活的欲望。

再见，

菲利克斯·乌巴尔德

八

亲爱的阿维利诺：

我在此地的逗留越来越像是一次学习之旅了。我较顺利地开始对这个社会阶层进行深入的考察，顺便说一句，这其实是已经濒临灭绝的社会阶层了。对于一个敏锐的观察家来说，这些封建社会的最后一批后裔正是值得我们关注的景象。远的不说，就在昨天，尚塔尔端来一盘覆盆子可丽饼，这是她在糕点师的指导下，亲自在酒店厨房制作的。杰奎琳招待大家喝五点钟茶，也给我递了一杯。男爵先生很快就吃起了美味佳肴，甚至一手抓两个，他给我们讲着轶闻趣事，情节曲折、富于变化，把我们给笑死了；他连连嘲笑尚塔尔的可丽饼，男爵宣布它们简直没法吃，还说尚塔尔是个笨手笨脚的人，不会做饭。对此，杰奎琳提醒他最好不谈做饭的事情，马拉喀什的那件意外发生之后，政府拼尽全力才拯救了男爵，通过外交邮袋匆匆把他送回法国。加斯东生硬地打断她，武断地说没有哪个家庭能幸免于这类违法的、应该受指责的事件。但当着陌生人的面大讲特讲，尤其当中还有外国人，是很没教养的。杰奎琳回敬他说，如果斗牛犬当时没有想到把嘴巴凑近男爵先生的礼物，结果死了的话，那么阿卜杜勒·马利克就讲不了这个故事了。而加斯东只是说，很幸运，马拉喀什不时兴做尸体解剖。据给州长作诊断的兽医说，这应该是一种叫过度劳累的冲击，在犬科动物里是常见的。我轮流对每个人讲的观点点头赞同，我偷眼看到远处那个老头，他没有浪费任何时间，正在不断地将那些可丽饼据为己有。我也不缺胳膊，便想方设法、不动声色地拿走剩下的部分。

祝好，

菲利克斯·乌巴尔德

九

亲爱的阿维利诺：

请你好好消化我将要向你描述的情景。这是法国高蒙公司的电影中足以让你的血液凝固的情景之一。今天早上我洋洋自得地走在过道里通往电梯的红地毯上。在经过杰奎琳房间的时候，我发现门是半开着的。看到门缝我便马上溜了进去。屋里没有任何人。在一张带轮子的桌子上，早餐尚未动过。我的妈呀，就在这时响起了男人的脚步声。于是我躲进了挂在衣架上的大衣之间。是男爵先生。他偷偷摸摸地靠近桌子。我几乎要因为笑出声而露了马脚。我猜想男爵先生马上就要狼吞虎咽那托盘里的东西了。但是没有。他取出带有骷髅头和尸骨符号的毒药瓶，当着我的面实施了令人恐惧的行为，他在咖啡里撒了绿莹莹的粉末。使命完成以后，他怎么进来还就怎么走了，没有被羊角面包诱惑——上面也已经撒了毒粉。我马上怀疑他在策划杀掉自己的孙女，年纪轻轻就命运多舛。我怀疑自己是不是在做梦。在格朗维利耶这样团结、优秀的家族里，这样的事情是不大会发生的！我战胜了恐惧，像梦游般蹒跚地靠近那张桌子。公正的检查确认了我感觉器官发现的事实：被染成绿色的咖啡还在那里，有毒的羊角面包也在那里。我瞬间权衡了一下利害关系。如果讲出来，我就会冒一脚踩空的风险；说不定只是一些表面现象欺骗了我，而我作为污蔑者和无事生非者将会从此一蹶不振。而如果我保持沉默，就可能造成无辜的杰奎琳的死亡，我或许会因此受法律的惩罚。这最后的考虑让我发出了沉闷的惊呼——怕被男爵先生听到。杰奎琳裹着浴巾出现在浴室门口。

我开始结结巴巴，就像类似情况下常见的那样；后来我明白，我的责任就是要告诉她这魔鬼般邪恶的事情，结果话又讲不出口。我先把门关好，然后请她原谅我的放肆，因为我要对她说，她的爷爷先生，她的爷爷先生，我的喉咙又卡住了，还是讲不出话来。她笑了起来，看着羊角面包和咖啡杯，对我说："必须另外再要一份早饭。爷爷下过毒的那份就让老鼠吃吧。"我傻了。轻声问她是怎么知道的。"全世界的人都知道啊！"这就是她的回答，"爷爷想毒死人，可是因为他笨手笨脚，所以他总是失败。"

直到这时我才明白，那个声明是毫无疑问的。在我这个阿根廷人看来，顿时打开了一个巨大的未知世界，一个对普罗众生禁止的伊甸园：贵族心胸宽广。

除了杰奎琳的女性魅力以外，她的反应，也就是他们家不论老少、所有成员的共同反应，这是我很快就发现并证实的。就好像他们齐声在跟我说"气吧，气吧，气死你"，没有任何恶意。男爵先生本人，说了你都不会相信，他用好脾气的微笑接受了精心计划的谋杀的失败，他手里拿着烟斗对我重复着，他不会记我们的仇。在午饭的时候，大家又开起了玩笑,我便趁着大家正热络,告诉他们明天是我的生日。

大家在莫里诺咖啡馆为我的健康祝酒了吗?

你的,

印第安人

十

亲爱的阿维利诺:

今天是个大日子。已经是晚上十点了,在这里已经是很晚了,但我还是忍不住要详细地告诉你这里发生的事情。格朗维利耶一家通过杰奎琳邀请我到湖边那家餐厅吃饭,款待我!在阿尔及尔人开的一家店里,我租了一套礼服和配套的皮靴及护腿。我们相约晚上七点左右在酒店的酒吧见面。七点半过后,男爵先生来了,他把手搭在我的肩膀上，给我开了一个恶趣味的玩笑："您被捕了。"他一个人过来，其他人已经等在宾馆前的露天台阶上了，我们去乘公共汽车。

餐厅里许多人都认识我，他们热情地向我打招呼。我们像皇帝一样一边吃一边谈。这顿晚餐非常豪华，没有任何瑕疵。男爵先生本人就三番五次地去厨房监督烹调。我坐在杰奎琳和尚塔尔之间。一杯去一杯来的，我喝得愈发痛快自在，好像就在波索斯大街上一样，后来我毫不犹豫地唱起了探戈舞曲《猪肉商贩》。在接下来翻译的时候，我发现法国人的语言完全没有我们布宜诺斯艾利斯城黑话切口的那个味道。我吃得太多了。我们的胃是专门吃烧烤和布塞卡[1]的，不能应付法国大餐所要求的这么多的客套话。祝酒的时间到了，我费了好大的劲儿才勉强站起来，不仅以我个人的名义，还以遥远祖国的名义，感谢大家为我庆祝生日。我们且战且退直到喝完最后一滴半干香槟酒。到了室外，我深深地呼吸着香甜的空气，开始感到轻松了。

---

1 一种用动物肠子丝、土豆、四季豆和调料做成的食品。

杰奎琳趁黑吻了我。

拥抱你，

印第安人

附言：凌晨一点钟，又开始抽筋了，我没有力气爬到电铃的按钮处。房间在上下颠簸，我冒着冷汗。我不知道他们往芥末蛋黄酱里放了什么，但那个奇怪的味道一直不散。我想念你们，想念莫里诺的吧台，想念星期天的足球比赛和……[1]

---

[1] 我们想提醒那些研究人员，省略号是由菲利克斯·乌巴尔德的后人在出版《萨瓦书信》时加进手稿的。至于这则法国人说的社会新闻的真正起因，仍被包裹在那层神秘面纱之下。（阿维利诺·亚历山德里注）——H. 布斯托斯·多梅克

魔鬼的节日

你的痛苦由此开始。

伊拉里奥·阿斯卡苏比

《拉雷法罗萨》[1]

——我要先提醒你一下,内莉,我经历的那可是真正公民的盛大节日。我是个扁平足,再加上脖子短,又挺着河马似的大肚子,走起路来本就上气不接下气,非常吃力。考虑到这些情况,于是前一天晚上,我像老母鸡一样早早地睡去,好第二天早点起来,不在游行中掉链子。我的计划大体上是这样的:我会在晚上八点三十分到委员会去;九点把将要发给我们的柯尔特左轮手枪藏在枕头底下,鼓囊囊的,然后踏踏实实地在折叠铁床上昏睡，继续做我们伟大的世纪之梦，然后在第一声鸡叫时起床，等着那些人开卡车来接我。但是，请你告诉我，你不认为好运就像是彩票一样，总是垂青于他人吗？在一座木板小桥上，我惊喜地看到了我的朋友"乳牙"站在交警岗厅前，便匆忙跑过去与他相会，差点掉进发臭的水里。还没来得及看清这个吃公家饭的家伙的脸，我马上就预感到他也是要去委员会。我们讨论过当天的安排后，就兴冲冲地开始讨论为盛大游行分配枪支的事了，我们还讨论了那个犹太人[2]的问题：他经验老到，说他准备把它们当废铁卖到贝拉萨特吉。排队的时候，我们尝试用暗号交流，说一旦拥有了武器，即便是互相背着，我们也要溜到贝拉萨特吉去。卖了武器之后，我们可以去吃意大利面加苦苣，填饱肚皮以后，面对着售票员的惊愕，我们会买两张回托洛萨的票子！我们本该用英语讨论的，因为这些暗号"乳牙"一句也没听懂，我也一样。

---

1 《拉雷法罗萨》是伊拉里奥·阿斯卡苏比的诗集名，也是阿根廷历史上有争议的胡安·曼努埃尔·德罗萨斯（Juan Manuel de Rosas, 1793—1877）总统当政时期的政党玉米棒子党党徒（mazorquero）杀人时唱的歌。
2 ruso，意为"俄国佬"，在阿根廷土语中有"犹太人"的意思。

队伍里的同伴给我们做了翻译，声音之响几乎把我的耳膜击穿了。他们还特地用破旧的圆珠笔记下了那个犹太人的地址。幸亏比投币口还要瘦小的马福里奥先生，在你们还把这个老古董视作一堆毫无价值的头皮屑时，他已经摸清老百姓打的小算盘。所以，他能硬生生地把我们的谋划打乱也不足为怪了。他们借口警察部门延误了递交武器的时间，把我们的武器分配推迟到举行活动的当天。在等了一个半小时后——队伍排得比平时买煤油还要长——我们从皮苏尔诺口中得到快速清场的命令。充当委员会看门狗的瘸子用扫把拼命驱赶着所有人，这时人们情绪还十分激动，充满着期待。

在隔开一段谨慎距离的地方，人群重新聚集了起来。罗伊亚科莫开始大声地讲话，旁边的收音机都没声了。问题是这些能说会道的粗人让大家头脑发热，却不知道究竟该怎么成事。于是，他们便让我们在贝纳德斯的店里玩起了三七吹牛皮纸牌游戏。也许你会闷闷不乐，以为我在那儿寻欢作乐，然而可悲的事实却是他们扒光了我身上的最后一分钱，没让我赢过一次，哪怕一次也好。

（你放心，内莉，一直盯着你不放的扳道工已经厌倦了，现在他开车走了，去狐狸精那儿了。现在就让你的唐老鸭再在你的脖子上亲一下吧。)

当我终于可以躺倒在床上时，我感到两只脚特别累，能够恢复体力的浓浓睡意顿时向我袭来。我忘记了它的竞争对手：最健全的爱国主义。现在我心里只想着这个魔鬼[1]，想着第二天我将看到他微笑，看到他作为阿根廷伟大的劳动者发表讲话。我向你保证，我是那么的激动，很快在毯子下就喘不过气，像幼鲸一样被阻碍了呼吸。直到夜深人静时我才睡着，感觉特别累，就像没有睡过觉一样。我首先梦到的是一个下午，那时我还是个小孩子，去世的母亲带我去一座庄园。请相信我，内莉，我从来不曾回想过那一天的下午，但是在睡梦中我却清清楚楚地知道那是我一生中最幸福的下午。我什么也没记住，除了一汪池水和水中花树的倒影，还有一条雪白而温顺的狗，我轻轻地抚摸它的屁股；非常幸运，离开了这些幼稚的往事后我又梦到了一些宣传栏上的新潮东西：**魔鬼**已经任命我为他的吉祥物，不久以后又成了他看家护院

---

[1] 指阿根廷民粹主义政治家胡安·庇隆。1945年10月17日，数以千计的亲庇隆工会的工人在布宜诺斯艾利斯街头举行游行示威，即为本文背景。

的狗。我醒来了,做这些愚蠢的梦只用了我五分钟。我决定要彻底清醒一下:我用厨房的抹布擦洗了一下,把所有的老茧都藏在"莫乔修士"牌鞋子里。羊毛连衫裤的袖子和裤腿把我搞得像八爪鱼一样晕头转向,我还戴上了公共汽车日[1]那天你送给我的领带,上面还有动物的图案。我出发的时候,浑身冒出的汗都带着油脂,这是因为一辆老爷车开过马路,而我以为是我要坐的卡车。每次听到说卡车要来了,要来了,我都像瓶塞迸开似的一路小跑冲出去,跨越从第三个院子到临街大门的六十巴拉[2]的距离,确认自己要乘的那辆是不是到了。我怀着青年人的朝气,唱着那首进行曲,那是我们的标志。但是十一点五十分我失声了,什么大人物都别想让我再离开第一个院子。下午一点二十分卡车提前到了。当参加游行的朋友们很高兴地与我相见的时候,我还没有吃过早饭,连做饭大妈喂鹦鹉的面包都没吃到。大家一致投票要把我丢下,理由是他们乘坐的是装人的卡车,而不是起重机。我想把自己挂在卡车后面,他们见我那么大的肚子,对我说,

---

1 9月24日,常有罢工,1958年9月24日也是庇隆下台流亡的日子。
2 长度单位,约为0.8359米。

如果我能保证在到达埃斯佩莱塔之前不分娩，就同意把我当作一个包袱带上。但是，到最后他们还是被说服了，勉强让我上了车。年轻人乘坐的卡车像燕子似的发了疯，才开了不到半条街就正正好好停在了委员会的门前。出来一个银发的塔佩原住民。他让我们受罪的样子是多么有趣啊，在他们非常有礼貌地给我们递上抗议书的时候，我们已经在牲口过道上满头直冒大汗，后颈像是涂了马斯卡彭奶酪似的油腻腻的。左轮手枪是按照人头和字母顺序分配的；你明白吗，内莉；我们每人一支左轮手枪。大家挤在男厕所门前排着队，前后连一丝谨慎的距离都没有，更别提拍卖我们手中状态良好的武器，原住民在卡车里看着我们，卡车司机没收到命令，我们一个都逃不出去。

　　为了等待一声"全体出发"的指令，居然让我们在太阳光的直射下整整待了一个半小时。眼前是我们亲爱的托洛萨，还真是走运，警察出来驱赶顽童的时候，他们手中的弹弓狠狠地打中了我们，好像并不把我们看作无私的爱国者，而是像小鸟看到了玉米面粥。第一个小时刚过半的时候，卡车上的气氛还十分紧张，一切社交场合基本都是如此。但是后来，当他们问我是否报名参加了维多利亚女王的竞赛[1]时，我的心情一下子就好起来了。这是一个针对我大肚子的影射，你是知道的。他们不是总说我这个肚子必须是透明的，好让我看到自己穿四十四码鞋的双脚，哪怕只是一丁点也好。我当时已经严重失声了，好像被套上了牲畜用的口套。但是在卡车上沉寂了一小时零几分钟以后，我小铃铛[2]般的声音勉强有点恢复。我跟我的伙伴们肩并着肩，不想放弃参加大合唱的机会，他们正在引吭高歌《魔鬼进行曲》。我几乎可以说是在嘶吼，却像在打嗝，我把雨伞落在了家里，简直是在大家的唾液中划独木舟，你会误以为我就是那位孤独的航海家维托·杜马斯。卡车终于启动了，于是空气也开始流动起来，就好像在汤锅里洗澡一般。午饭有人吃了香肠三明治，有人吃了大腊肠卷，有人吃了意大利托尼甜面包，有人喝了半瓶巧克力牛奶，最边上的一位吃了米兰式牛排，这一切都像是

---

1 这是阿根廷人常开的玩笑：维多利亚女王会奖赏第一个能生下孩子的男人。
2 就在我们吃蛋糕充饥的时候，内莉对我说，这时可怜的家伙伸出了前面提到的舌头。（本注释由青年拉巴斯科提供）
  在这之前她也给我说过。（补充注释出自纳诺·巴塔福科，清洁办工人）——原注

上次去恩塞纳达港湾的情景重现，但是由于我本人并没有去，所以我还是不讲话为好。我一直在想，所有这些新派、健康的年轻人们，他们是不是跟我想的一样呢？因为就连那些最没有意志力的人，不管愿不愿意，都在听着同样的广播。我们都是阿根廷人，大家都很年轻，都是南方人，我们都急切地要与我们的同胞兄弟们见面，我们乘坐着同样的卡车，都来自菲奥里托和比夏多米尼科，来自休达德拉、比夏卢洛和拉帕特纳尔等城镇，尽管在比夏克雷斯波那里聚集着很多犹太人，但我还是认为本该把他们的法定居住地选在托洛萨北部。

内莉，你错过了多少信仰的热情啊！在每个几乎都要饿死人的街区，总有许多一窝蜂地被最纯正理想主义所把持的货色，他们也争着要上我们的车，但是车队头头加芬克尔知道该如何拒绝这些无家可归的流氓无赖，尤其是当你想到，在这些公认的流氓中，第五纵队的人完全有可能迅速潜入，还没等你们八十天环游了世界，就让我相信你们只是肮脏的虱子，而魔鬼则是电信公司的工具。我还没说到另一些家伙是如何利用这种清洗的过程，好让自己摆脱混乱的局面，尽早顺利回家。不过，你可以强迫自己勇敢一点，你得承认有的人生来就是赤脚的，另一些生来就踩着风火轮，因为每一次在我想趁势从卡车上逃跑的时候，都是加芬克尔先生给我一脚，把我踢回到勇敢者的行列。开始时，当地居民很欢迎我们，非常热情，但加芬克尔先生可不是吃素的，他不允许卡车司机减慢速度，以免某个头脑活络的人会尝试闪电式出逃。在基尔梅斯就是另一回事了，大家伙终于被批准活动一下麻木的双脚，但是离家已经很远，又有谁想在这个时候逃跑呢？在这个关键时刻，索比或叫别的什么名字的家伙说，一切进展得都像一幅图画般完美。但是紧张的情绪还是在大伙儿心中蔓延，特别是当老大，也就是加芬克尔，命令我们悄悄地在所有墙面都贴上或者写上魔鬼的名字，然后重新赶上快速行驶的卡车，以免招惹到哪个暴脾气浑蛋来袭击我们，我们都起了一身鸡皮疙瘩。考验真本事的时刻到了，我拿起枪，坚定地下车了，内莉，我想这把枪至少可以卖三比索吧，但是一位顾客也没影儿。于是我就只能满足于在墙上胡乱涂了几个非常潦草的字母，因为如果我再多花一分钟的时间，卡车就会甩下我，消失在地平线，开向公民广场，开向聚集的人群，开向亲如兄弟的同志，开向魔鬼的节日。话虽这么说，当我像包裹着汗衫的奶酪似的气喘吁吁地回到车上时，卡车出了故障，一动不动，它是那样安详，好像只要加一个漂亮的艺术框，就可以成为一张照片。感谢上帝，在我们之中有个鼻音很重的塔巴克曼，大家通常叫他"蜗轮"，是个机修迷。在找了半个小时发动机并且喝干了我的"骆驼的第二个胃"——我一直这样称呼我的旅行水壶——里面的柠檬汽水之后，他坦白地说了句"我搞不定"，因为很明显，"法尔哥"对他来讲是完全不熟悉的品牌。

我真的觉得自己曾经在一座臭气熏天的阅报亭里读到过"祸兮福所倚"之类的句子，上帝老爹果真赐给了我们一辆遗忘在菜园的自行车。在我看来，车主肯定在休养，因为直到加芬克尔把车坐垫坐热了，车主也没有出现。加芬克尔好像一下子发现了一小片苦苣田，更好像索比或叫别的什么名字的家伙往他屁股里塞了点燃的中国爆竹"福——满——珠"，马上就窜了出去。看到他杂耍般骑车的样子，不止一个人笑破了肚皮。但是，在紧跟着他跑了四条马路之后，就不见了他的踪影，即使手脚并用、穿上佩库思跑鞋，行人也无法在自行车先生面前保持常胜将军的桂冠。信仰的激情使他消失在地平线上，就像你，胖胖，扫荡柜台时那样迅速，而我只想回托洛萨睡觉……

你的小猪崽现在要给你讲点悄悄话了，内莉：大家或多或少早就渴望骑上自行车，上演一场绝地逃生。但是，就像我总是不断地强调的那样，在球员萎靡不振、场上充斥着黑色预言的时候，往往就会出现破门的前锋；对国家来说，就会出现魔鬼这样的人；对我们这些即将分崩离析的乌合之众，就会出现卡车司机这样的人。这位令我脱帽致敬的爱国者像穿着溜冰鞋似的突然出现，一下子制止住正在逃散的人群中溜得最快的那个，就地一顿"按摩"。第二天人们看到我身上一个个肿块时，都把我当作面包师家的桃花马。我从地上一个劲地喊着"好啊，好啊"，周围的人则忙用大拇指塞住耳膜。卡车司机把我们这些爱国者排成单行，这样如果有人想开溜，后面的那位就有权踢前面那位的屁股，我的屁股到现在还疼得没法坐下来。想象一下吧，内莉，队伍最后的那一位该是多么的幸运，他后面没有任何人可以踢他的屁股！卡车司机就这样赶着我们这个平民示威人群来到一个地方，我可以确切地告诉你这里是堂博斯科的外围，也就是怀尔德。

在那里，命运之神偶然把我们推向一辆驶往拉内格拉庄园广场的大巴车，但这一切又并不是完全的偶然。卡车司机与大巴车司机早在多米尼科镇人民动物园的英雄时代就形影不离，简直是一丘之貉，卡车司机请那位加泰罗尼亚人捎上我们。早在对方发出"上来吧，苏比萨雷塔"的指令之前，我们就上了车并且挤得满满当当。我们都哈哈大笑起来，直到露出牙缝儿里的菜叶，直到筋疲力尽，因为一些迟钝的家伙由于落在队伍尾巴，没能挤进车里，就留在了人们说的"自己想办法"回托洛萨去的人群之中。内莉，说我们像沙丁鱼一样在大巴车里挤得浑身大汗，那有点夸张了，如果你来看一眼的话，会觉得还是贝拉萨特吉的女厕所小得多。大家一贯感兴趣的玩笑话又在继续了！我没有骗你，那个意大利佬珀塔斯曼在经过萨兰迪的时候放了一个屁。在这里我要举双手双脚为"蜗轮"喝彩，他赢得了名副其实的滑稽大师奖章。他以揍我相威胁，强迫我张开嘴巴，闭上眼睛；他利用这个机会，拼命地往我的嘴巴里塞内裤的纱线、绒毛和其他东西，搞恶作剧。但是，我们渐渐厌腻了，对什么都打不起精神，百无聊赖之际一个有经验的老手递给我一把小刀，然后我们大家齐心合力，用这把刀把大巴车座椅的皮面戳成了筛子。为了迷惑敌人，大家伙还故意取笑我，后来狡猾的家伙们开始一个个像跳蚤一样跳车到柏油马路上，在司机发现座椅被破坏之前，他们已经悄悄地溜走了。第一个跳到地上的是西蒙·塔巴克曼，他屁股着地，摔断了鼻子；过了很久以后是菲德奥·索比或叫别的什么名字的家伙；之后是拉巴斯科，尽管提到他会让你生气；接下来，是斯帕托拉；然后，轮到巴斯克人斯皮夏乐。这期间，莫尔普戈开始悄悄地收集报纸和纸袋，一心想搞个正式的篝火晚会，用火焰来掩饰布罗克韦公司由于那把刀而蒙受的损失。皮罗桑托，就是那个鼻音很重的外地佬，他是那种口袋里火柴比钞票更多的人。在第一个转弯处他就开溜了，为的是保住自己的火柴，不过他在临逃前还从我嘴上抢了一支火山牌香烟。我根本就不想炫耀什么，当时我只想稍稍搭个架子，噘起嘴巴准备抽上一口，莫尔普戈像要奉承般划了根火柴给我点烟，皮罗桑托猛地抢走了我嘴巴上的香烟，于是前者就把火柴缩了回去，结果点着了那些纸。莫尔普戈连帽子都没有脱就向马路上跳去，但是我动作更敏捷，尽管有这么大的肚子，还是赶在他前面先跳了下去，成了他的肉垫，减轻了他的冲击力，他那九十公斤的块头几乎把我给压扁了。老天！等到马诺罗·M.莫尔普戈把他的鞋子——鞋子已经破了，卡在他的膝盖上——从我的嘴边移开，大巴车已经烧起来了，就像佩罗西奥的烤炉一样。大巴车司机兼车主痛哭起来，因为不管怎么说是他自己的钱变成了黑烟。人群里很多人都在笑，我敢以魔鬼的名义打赌，如果司机发怒的话，那群人很快就会逃走的。"蜗轮"是个老资格的小丑，他突然想到了一个笑话，你听了以后会合不拢嘴，笑得像果冻那样前仰后合。内莉，请注意，你要竖起耳朵听着，来了。一、二、三，砰！他说——别再向我挤眉弄眼了——那边的大巴车就像佩罗西奥的烤炉一样烧起来了。哈哈哈！

我是显得最若无其事的一个，但是我内心还是很激动的。我对你讲的每句话你都会深深地刻在脑海里，所以也许你还记得那位卡车司机，他跟大巴车司机是一丘之貉。如果你明白我意思的话，聪明人都预料得到，"摔角手"会和"泪人"联合起来，惩罚我们做的好事。但是你不要为你亲爱的小兔兔害怕。卡车司机提出了一种沉着的想法，他认为如果没有了大巴车，那也就不值得为对方充当打手了。他像个好心肠的老好人一样微笑着；为了维持纪律，他用膝盖友好地撞了几个人（这就是我被撞下来的牙齿，是我后来出钱买下来留作纪念的），然后就下起了命令："排好队，快步——走！"

这就叫作凝聚力！威武的队伍穿过淤泥塘和作为首都人口标志的垃圾山。粗略地说，从托洛萨出发的那些人中，只有三分之一逃脱了。一个经验老到的人用点一支健康牌香烟的机会溜掉了，当然，内莉，这是必须经过卡车司机批准的。这是一幅多么色彩斑斓的图画呀：斯帕托拉的羊毛衫外面套着一件显眼的背心，手里举着标语牌，跟在他后面的是四个人一排的队伍，"蜗轮"等人也都在列。

当我们终于赶到密特雷大街的时候，才刚刚晚上七点钟。莫尔普戈笑得非常灿烂，以为我们已经到了阿韦利亚内达。那些外表阔绰的人也都笑了，他们冒着从阳台、卡车或者敞篷公共汽车上摔下来的危险看着我们，见我们正在步行，没有一辆车子，一个个都笑了。幸亏巴布格利亚考虑特别周到，他想到里亚丘埃洛河对岸有一些加拿大卡车正在生锈。这堆废铁是一向"细心"的贸易协会从北美陆军装备处理部买来的。我们像猴子似的爬上一辆草绿色的卡车，唱着"再见，我要流着泪离开"，等待着"蜗轮"领导下的独立运输部门的哪个疯子能够开动发动机。非常幸运，拉巴斯科，虽然他的脸长得非常难看，却有政府垄断部门的一位保安做靠山。他付钱买了票，这样我们就挤上了一辆有轨电车，车子发出的声音比一支风笛都响。当啷，当啷，电车开向市中心；在一群傻瓜的注视下，电车像一位年轻的妈妈神气地前行，她的肚子里是新派的一代，明天他们将会在生活的盛宴中要求分一杯羹……我，你亲爱的宝贝，就在这辆车里，一只脚踩着车厢地板，另一只脚还没有合法领地。一个旁观者说，有轨电车在唱歌，歌声划破长空；歌唱的就是我们。在到达贝尔格拉诺大街之前不久，电车骤停了大约二十四分钟；我浑身冒汗，想弄明白是怎么回事。越来越多的汽车像蚂蚁群一般拥来，使我们的车子毫无动弹的余地。

卡车司机大声喊着："傻蛋们，快下车！"我们便在塔瓜利大街和贝尔格拉诺大街的交叉路口下了车。走了两三个街区以后，难题出现了：喉咙太干了，想讨点水喝。普加-加拉赫商业中心的饮料店是个解决办法。但是，想想看：我们该怎么付钱呢？面对这个棘手的情况，卡车司机跑到我们面前，显得十分麻利。他以斗牛犬的视觉和耐心本末倒置，当着那群乌合之众绊了我一脚，害我摔了个嘴啃泥。从背心的衣袋里滑出我攒下的硬币，这是为了在兜售瑞科塔奶酪的小车面前不显得太寒酸而准备的。这点零钱被充公了，卡车司机对我的表现很满意，于是就去处理索乌萨的事情了。索乌萨是戈维亚的心腹，戈维亚是佩雷依拉那群无赖中的一员——你知道的，他们从前干的是制贩"灵丹"的勾当。他是收钱的，对那伙人忠心耿耿。所以，他手里有那么多零钞也就不值得大惊小怪了，一沓加起来将近半比索，这是疯子卡尔卡莫尼亚都从没有见过的。这个疯子在印刷第一张假钞时就被抓了。而且，索乌萨的钱可不假，足够支付所有的白兰地，离开的时候我们都醉醺醺的。玩得可欢了，波波老兄弹起吉他的时候，自以为是卡洛斯·加德尔，甚至自以为是戈图索，甚至自以为是加罗法洛，甚至自以为是伟大的托马索尼[1]了。虽然没有真正的吉他，但这位波波老兄还是唱了"再见了，我的

---

[1] 四人皆为那个时代最有名的歌手。

潘帕斯大草原"，大家齐声附和。年轻人的队伍成了一片合唱。我们所有的人，尽管很年轻，都尽情地唱了。直到走来一位令人尊敬的大胡子犹太教徒。看到他年纪大我们就放了他一马，但是另一位年纪轻的、好摆弄的就不那么容易过关了。这是个可怜的四眼年轻人，没有运动员的体魄，红头发，胳膊下夹着书，一副学问人的样子。他漫不经心地走过来，几乎撞倒了我们的旗手斯帕托拉。波菲拉罗是个吹毛求疵的臭虫，他说他不会容忍对我们的队旗和魔鬼的照片大不敬的人，必须惩罚他。他马上唆使内内，外号叫"大块头"的，去处理这件事。内内还是老样子，像晃一袋花生那样揪着我的耳朵。这一点波菲拉罗很喜欢，他叫那个犹太人更多地尊重他人的意见，叫他向魔鬼的照片敬礼。那个人居然荒谬地回答说，他也有自己的意见。小鬼听腻了他的这些解释，一只手把他推开，如果屠夫看到他这只手，就不会担心缺少肉和里脊了。他把那人推到一片荒地，就是那种说不定什么时候就会变成停车场的荒地，那个倒霉蛋发现自己背对九层楼的一侧墙面，上面没有任何窗户。这时，站在队伍后边的人想要看前面发生的事情，便使劲地挤我们，我们站在第一排的人就像色拉米香肠三明治一样，被夹在那些急切地争着想看到整个情况的疯子和已经被挤到一边的陷入绝境的可怜犹太人之间，你可以想象场面有多么激烈。托内拉达清楚地知道危险所在，他往后退了几步，我们大家就像扇子一样撑开一个半圆形的空地，但是没有缝隙可以逃出去，因为所有人互相挤成了一堵墙。大家像陈列馆里的大熊一样齐声吼叫着，牙齿咬得咯吱作响，但是那个连汤碗里的一根头发都不会放过的卡车司机，已经隐隐约约地感觉到有人在内心深处正计划着逃脱。口哨声一会儿东一会儿西的，把我们挤到了大家都明显看得到的碎砖乱瓦堆上。你一定会记得那天下午的温度计一直指着热汤一样的高温，不用你说，我们早就脱掉了外套。我们让一个大孩子萨乌利诺看管我们的衣服，这样他就不能去扔石子了。第一块石子纯靠运气打中了塔巴克曼，他牙龈流血不止，血是黑的。我热血沸腾地追上去，拿起石子打中了他的耳朵。因为攻势过猛，我已经忘记到底扔了多少石子。所有人都尽了兴；那个犹太人跪在地上，凝望着蓝天，用希伯来语祈祷。当蒙塞拉特大教堂的钟声响起的时候，他倒下了，他已经死了。我们又继续发泄了一阵，用石头打他,他已经不疼了。我向你发誓,内莉,我们把他的尸体搞得一塌糊涂。后来,莫尔普戈为了逗那些孩子笑,叫我把小刀插在曾经是他脸的地方。

在办完了这些令人热血沸腾的事情之后,我又穿起了大衣,为了避免感冒,不然要掏至少三十分钱来买感冒药。我用你仙女般的手指编织起来的围脖严严实实地裹好脖子,又把耳朵藏在大衣的高翻领里边。但是,当天的最大惊喜还是纵火狂皮罗桑托提出来的,他提议要把乱石堆点着,事先还搞了一次死者的眼镜和服装等物的拍卖会。拍卖不是很成功,因为眼镜上混有眼睛的黏性分泌物,两个镜片都是血肉模糊的样子。西装因为浸透了鲜血而变得硬邦邦的。书本也因为残留的组织液变得不适宜交易。然而,非常幸运的是卡车司机(原来他就是那个魔鬼格拉非冈[1])得以捡回那只镶着大约十七块红宝石的"罗斯科夫"手表。而波菲拉罗则拿了"法布里坎特"牌钱包,里面有一位钢琴教师小姐的快照和九块二比索。愚蠢的拉巴斯科不得不满足于博士伦眼镜盒和普鲁麦克斯自动铅笔,波普拉

---

1 Grafficane,《神曲》中地狱第 8 圈第 5 沟的狱吏,12 名魔鬼所组集团"马纳勃郎西"(Malebranche) 的一员。名字之意为"类犬者"。

夫斯基家族的那些戒指就更没有什么可说的了。

小胖胖，我们已经准备好将这次街头事件迅速抛到遗忘的角落。博伊塔诺布料店制作的旗帜在高高飘扬，声声号角响彻云霄，到处人山人海。在五月广场，马尔塞洛·N.弗洛格曼博士的演讲给了我们极大的鼓舞。他让我们准备好之后的一切——魔鬼的演讲。我们这么多耳朵都听到了他的讲话，小胖胖，真真切切，就像全国人民听到的一样，他的讲话通过广播传遍全国。

普哈托

一九四七年十一月二十四日

他朋友的儿子

一

您，乌斯塔里斯，不管您怎么看我，我可是个倔脾气。对于我来说，写书是一码事，做电影则是另一码事。我的小说创作一团糟，但是作家的优越感我还是坚持的。所以，当有人请求我为阿根廷制片人和影院经营者工会（S.O.P.A.）写一部滑稽喜剧的时候，我请他们在地平线上消失。让我和电影……您还是快滚开！能让我为电影而写作的人还没有生出来呢。

当然，当我知道路比冈德正围着S.O.P.A转的时候，就自动上钩了。总有一些因素使人必须脱帽致敬。从剧场正厅买站票的无名观众开始，我已经不记得多少年来自己一直非常热情地跟随S.O.P.A为了促进国家生产而制作的广告宣传片：在有关官方仪式和宴会的新闻报道中，插入了一系列镜头，展示鞋子的品牌、瓶盖和包装上的商标，等等。更何况，伊希库斯尼斯塔史球队输球的那个下午，在动物园的小火车里，法尔法雷罗走向我，告诉我一个头号新闻，让我目瞪口呆：S.O.P.A计划在一九四三财年拍摄一系列电影占领高端市场，给予作家写出上乘作品的机会，不必为票房因素牺牲质量。若非他亲口这样告诉我，我是不会相信的。更有甚者，他向我发誓，以那个经常唱《我的太阳》、把我们搞得很烦的小老头的模样，这次不会让我像以前那样，忙活了半天一无所获，只是用掉相当可观的克罗索牌稿纸。具体的手续将会很正式：一份蝇头小字的合同，缓缓推到你的鼻子底下，然后会让你签字，让你出去透风的时候，都要戴着项圈和锁链；一笔相当可观的现金预付款，这笔钱本来可以自然而然地扩充社会共同基金，我本人也有权认为自己是这笔基金的一分子；一项口头承诺，即同行评审会议上将会考虑或者不考虑签字人提交的主题。这些主题事先须获得努克斯夫人（对我来说，她与一个传闻有关，说她跟一个矮个子、鼻音很重的男人在电梯间怎么怎么）的同意，然后将在适当的时间，成为真正的电影剧本和对白的草案。

这辈子就请您相信我一次吧，乌斯塔里斯：只要时机合适，我还真是一个很冲动的人。我被深深地吸引了，于是我铆上了法尔法雷罗；我给他买了瓶汽水，我们在瘤牛的注视下一饮而尽；我又给他点了半根香烟，还乘出租车把他带到戈多伊克鲁兹的新帕尔马大饭店，一路上，跟他讲着相关的故事，吹吹拍拍，非常开心。为了开胃，我们先狼吞虎咽了一番；后来喝起了蔬菜通心粉浓汤；又把汤里的油刮了个干净；再后来配着巴贝拉葡萄酒，给我们上了瓦伦西亚烩饭，中途又喝了莫斯卡托葡萄酒，这才准备好享用塞咸肉片的小牛肉，但是在这之前我们先吃了好几盘肉丸。这顿美餐最后以可丽饼和味道寡淡的水果结束，你懂的，还有一种沙一样的奶酪、另一种黏乎乎的奶酪以及浓咖啡，泡沫多得让人马上想到刮胡子时的摩丝，而不是理发时的泡沫。泡沫见底的时候，一位名叫"奇索提"的先生，也就是渣酿白兰地上场了，它让我们的舌头缩成一团，我利用这个机会，宣布了一条爆炸性消息，甚至让骆驼都四脚朝天。没有前言，也没有前奏，我轻轻松松地打断了法尔法雷罗的饱嗝，开门见山地向他宣布我已经准备好了本子，只差胶片和几名喜剧演员，S.O.P.A.发工资的那天就可以顺当地解决了。那么多糖果中有一颗粘在他嘴巴里，没有哪个服务员能够帮他完整地挖出来，我就利用这个空当，简略地给他讲了情节，不乏若干细节。这家伙听了就举起白旗，并且在我耳边咕哝，这个情节我给他讲的次数已经超过赤鲷的鱼刺了。看看接下来发生的事情吧，法尔法雷罗对我说，再多说一句，他将来在某个意想不到的时刻，不把我介绍给S.O.P.A.的组委会了。我就问您，除了支付他的消费，外加给他提供出租车，把他送到位于布尔萨科的家里，我还有什么别的办法吗？

我在耐心的冷板凳上苦苦等待了不到一个月，终于被传唤到位于蒙罗的"那幢大楼"了。在那里，S.O.P.A.有决定权的大老虎都会发声的。

多么激动人心的审查啊！当天下午我就见到了那些穿着灰色西装的大人物，他们决定着我们欣欣向荣的电影事业的种种规则。我这双一直以来只映出你那张干面包脸的眼睛，正在经历它们的巅峰时刻，它们像傻瓜似的看着法尔法雷罗，这是个金发的讨厌鬼，有厚厚的黑色嘴唇；看着坡斯基博士，他大大的微笑像信箱口，眼镜像水中的蛤蟆；看着玛丽亚娜·鲁伊斯·比利亚尔瓦·德·安格拉达夫人，她苗条的身材符合让·巴杜[1]的要求；还有可怜的工蚁莱奥波尔多·卡茨，他是玛丽亚娜夫人的秘书，你或多或少会误以为他是日本人。最让人目瞪口呆的，是那个随时可能出现的城中心的小鬼，他是事业有成的企业家、布宜诺斯艾利斯夜生活的无冕之王、皮加尔和拉埃米利亚娜夜总会的老大，这个杰出的本地人名叫巴科·安图尼亚诺·彭斯。这还不算：路比冈德也过来了，这是一位能让空想具备金钱基础的银行家。我并没有头脑发昏。很快我就发现自己是在跟上流社会打交道，不过我仅限于傻乎乎地观察、咳嗽、咽下唾沫、汗津津地、在走神时依旧表现出很关注的样子、嘴巴里重复着"是的，是的，哈哈，哈哈"，犹如在希腊大合唱团一般。然后他们用矮脚球形大酒杯喝起了干邑白兰地，而我则像一个外交邮袋，

---

[1] Jean Patou（1880—1936），法国服装设计师。

换个人去讲更加恶心的故事，去演再明显不过的假戏。总之一句话，就是去做一连串愚蠢、猥亵至极的事情。

这种错误的行为带来的后果是非常凄惨的：坡斯基博士不能容忍别人出风头，妒忌心可以使他判若两人，从此以后，苛待我就变成了他的一种爱好；在一系列的热情的表演过程中，玛丽亚娜夫人发现我是一个金嘴巴，也就是那种过去作为沙龙标配的健谈机器。于是现在我倍感局促，不敢再开口讲话，苍蝇也休想飞进嘴巴去。

一天下午，我比获得了维多利亚女王奖还要开心，因为我的朋友胡里奥·卡德纳斯来了。您可别说什么您不认识他。您可是始终在底层平民中成长起来的。您再回忆一下：他是老卡德纳斯的儿子。卡德纳斯就是那个上了年纪的穿着短燕尾服的老兄，也就是几年前的马尔多纳多大洪水时，叼着陶瓷烟斗以狗刨救了我命的那个人。胡里奥，一个十分沮丧的年轻人，他的眼睛是那种一看到，您就会想要给他插上温度计的人。可我向您保证，我非常敏锐地看到了他眼中的狡猾，他穿得破破烂烂，看上去像个傻瓜。他接近电影界的大人物，那是因为打着向他们兜售剧本的可怜念头。我对自己说，作家有的是，马上画了个十字祷告，因为这个半路杀出来的朋友是我危险的竞争对手。请您吃颗维生素，理解一下我的处境：如果这个年轻人发表一个本子，再以别出心裁的电影剧本污染我们的耳朵，我会气疯的。我把这事看成不祥的黑色，乌斯塔里斯，但是命运之神最后还是没有要我吞下这颗苦果。卡德纳斯没有以作家的身份来到这里，而是一副爱好摄影的年轻学生的样子。还有，根据法尔法雷罗老想灌输给我们的传闻，卡德纳斯是出于对玛丽亚娜夫人的兴趣而来。我曾不厌其烦地向他表明（我真想去折叠床上痛痛快快地睡上一觉），他的观点明显缺乏依据，因为如果我说他关心的只是摄影机，那他怎么可能会关注玛丽亚娜夫人呢？法尔法雷罗碰了一鼻子灰！

您也许会认为，我撞了大运，会不知道该如何自处。请您靠边站吧。我给自己的聪明脑瓜上了油，它工作起来不再只是一个普通的人头，而像是戴着博尔萨利诺帽子的风扇。您应该看看我是怎样一蹴而就一部轰动的剧本，讲述了一位社交名媛的浪漫史。她在五月大街有自己的别墅，小庄园自不必提，在那里她让男主角高乔人相信她倾心于他，但实际上只不过是为了和闺蜜们寻开心，最后——不要被吓到！——她真的与他相爱了，一艘蒸汽船的船长主持了他们的婚礼，然后他们乘船去阿根廷南端小城乌斯怀亚旅行，因为出国之前必须先了解一下自己的国家。一部不乏教育意义的电影瑰宝：踏着民间舞蹈的火热节拍，观众来到潘帕斯大草原，护送这一对可爱的情侣，他们没有拒绝大地的召唤，给摄影机带来了拍摄很多地方美景的机会。几天以后，我已经写完了这部滑稽喜剧——尚未发表，这倒是真的，这让他们都很焦虑。他们本想以玩笑的方式打发过去，但我坚决不同意，没有办法，只好牺牲一天来审读这部作品。事实上，他们颁布了只有一项条款的章程，规定审读会只能闭门进行，以免我去添麻烦。

我又一次受到了打击，但是这有什么关系，我已经拥有比护膝更加结实的装甲保护。我的这部滑稽喜剧有个好名字叫《终成眷属！》，所以我一点都不担心，一点都不，因为我知道我的小喜剧好像是那种从来不会失手的小药片，一定会激起审读委员会的兴趣，让他们口干舌燥。您是了解我的，可不要傻乎乎地以为我会坐以待毙。好几天里，我密切关注着钟表，热切地希望听众队伍会壮大。我一定要在场，哪怕是藏在老虎皮里也在所不惜。我看到在大黑板上用粉笔写着"《终成眷属！》的审读与退稿"这一议题已经推迟到星期五晚上六点三十五分。

二

——有一次在我半梦半醒的时候，您给我讲到一次电影业的会议。我猜想他们让您卷铺盖走人了。

——别胡思乱想了，乌斯塔里斯，我来给您讲讲后来发生的事情吧，会尽量详尽。约好星期五审读的，结果拖拖拉拉硬是推迟了三个月，不过坚守了那条规矩：不让我参加。在关键的那一天，为了不引起丝毫疑心，我下午四点就赶去了，然后散布了一个谣言：六点三十五分市级假货展销会将在特意安排的小场地拉开帷幕，像您这样一脸穷酸相的人都知道，哪怕为了一块波罗伏洛奶酪，我都不会丢失这样的机会，因为我的血液中流淌着这种占便宜的天性。以跳楼价进货的执念，让我买下了一批批过期的马斯卡彭奶酪，以至于如果有人把我关入陷阱，方圆百里没有哪只老鼠会缺席。法尔法雷罗，他在购买食物的问题上总是非常留心，一再向我确认，弄得S.O.P.A.的主要成员们差一点一起前往我根据过时的谎言和纯正的胡扯创造出来的那个地方；很幸运，莱奥波尔多·卡茨把这种倾向连根切断了，扮演起看门狗的角色，他提醒我们，尤其是我，那天下午需要退稿《终成眷属！》，就像黑板上所写的那样。坡斯基，没有哪个强大的计算器能算出他有多少雀子斑，他给了我一段合理的时间，让我马上离开。我什么也不想要，我怀恨在心，只想报复。

我进错了很多个房间，其中包括放扫帚和长柄地板刷的储藏室，这也正好说明了S.O.P.A.的人事主管在浪费钱。我终于搞清楚了，审读会将在圆桌会议室进行，因为那里有一张圆形的桌子。很幸运的是那边还有一架屏风，是中国式的，上面画着凶兽，屏风背面有个空间，虽然很不舒服，但足够黑，连苍蝇都发现不了。在一阵最严格的社交礼仪要求的"再会，再会"之后，我装腔作势地离开了，不仅如此，我要向人们表明我到街上去了，但事实是在货梯兜了一圈之后，我又像泥鳅似的溜回了圆桌会议室，藏了起来——如果您能猜出来，我就把这张用过的门票送给你——我藏在了屏风的后边。

我拿着手表等了三刻钟，前面提到的各位才按照姓名字母顺序姗姗来迟。除了不靠谱的卡茨，因为要我说，他签了字也不会遵守信诺。他们每人占一把椅子，还有人占了一把转椅。开始时，大家的发言天马行空，但是坡斯基给他们泼了一盆"够了！快读"的冷水，让他们回到了现实。所有的人都不想读，但是那个毫不留情的大舌头选中了玛丽亚娜夫人。夫人磕磕碰碰地读了起来，声音纤细，还时不时地跳行。法尔法雷罗这个马屁精觉得自己有义务发表总结陈辞：

"以鲁伊斯·比利亚尔瓦夫人天鹅绒和水晶般的嗓音来演绎，哪怕是一团糟的东西，都变得可以接受了。优秀品质、天生高贵、社会地位、美貌，如果愿意的话，都可以给事物镀金，并让我们甘愿吞下残羹剩饭。我更主张让这位年轻小伙子卡德纳斯读一下，他缺乏感染力。这样我们就能取得更加接近事实的看法，而不是被芳香迷惑。"

"你才发现啊，"那位夫人说，"我正好想说，早就知道我会读得非常华丽的。"

坡斯基庄重地发表意见：

"就让卡德纳斯读一下吧。有糟糕的朗读者，就有更糟糕的剧本。什么样的秃鹫就有什么样的窝。"

挺好笑的，大家都笑了。法尔法雷罗只知道顺从大家的意见，他发表的看法完全是对我的为人和面子的一种侮辱。看一下他有多成功吧！幸亏我听到了他们所有的蠢话。那些可怜的家伙根本没有想到我当时就在屏风的后面听着。他们讲的话我都听到了，但我本人一声没吭。当旁边那位难以容忍的讨厌鬼，用坏掉的水龙头似的声音开始朗读的时候，我渐渐平静下来。让他们去嘲笑吧，我对自己说，我的作品由于它本身的分量是能够站住脚的。事情像我想的一样发展。开始时，他们像疯子似的大笑，后来他们累了。我从屏风后面，怀着强烈的好奇心继续听着他们朗读，赞赏自己每一笔的浓彩淡墨，最后，在比你想象中更短的时间之后，我也跟其他人一样，扛不住睡意的侵扰。

浑身上下的剧痛把我弄醒了，嘴巴里是饲料的味道。用手去摸索放灯的桌子时，我碰倒了屏风。一片漆黑。在起初被恐惧笼罩的那段时间之后，我发觉了事实真相：所有人都已经离开，我被锁在了里边，就像在动物园里过夜一样。我清楚地认识到现在是把一切都豁出去的时刻了，我匍匐着朝我认为是门的那个方向前进，结果却撞了头。茶几的棱角收取了血税，后来我又几乎撞到长沙发。没有意志力的人——您，比方说，乌斯塔里斯，或许会试着靠自己的后腿站起来去开灯。但我不会，我是特殊材料制成的，我不像普通的人：我继续像四脚动物般在黑暗中爬行，忍受着头上一个个疼痛难熬的包艰难地打开出路。我用鼻子转动门把手，就在这时，我的妈呀，在空无一人的大楼里我听到了电梯上行的声音。这是加强版奥的斯电梯！一个巨大的疑问升起：是不是小偷，他会夺走我的一切，连头皮屑都不剩；或者，会不会是守夜人，好好的一双眼睛又怎么会看不到我。这两个假设让我不再幻想一顿完整的有羊角面包的早餐。我勉强来得及爬着后退，电梯出现了，像一个发光的笼子，里面走出来两个人。他们进了屋，没有看到我，咔嗒一声关上了门，又把我一个人锁在了走廊里，但是我已经把这两个人看清了。他们可不是什么小偷、保安！更像是年轻的卡德纳斯和玛丽亚娜夫人，

69

但我是君子，我不爱嚼舌根。我把眼睛凑近锁眼往里看：是黑的、黑漆漆的、黑咕隆咚的。乌斯塔里斯，既然什么都看不见，我杵在那里还有什么意义。我轻手轻脚地自己爬去楼梯间，这样他们就听不到电梯声了。面对大街的门可以从内部打开，而这时已经过了午夜。我终于飞快地逃走了。

我不想骗您说那天晚上我睡着了。我在床上翻来覆去，比得了荨麻疹还要躁动。我大概是老了，直到在披萨店里吃了早饭，我才将事情的各种可能性完全地想清楚。整个上午我都在反复琢磨那个执念。在戈多伊克鲁兹的波波乐大饭店吃干净几盘菜后，我已经酝酿好了行动计划。

我借到了一套全新的波波乐大饭店洗碗工的工作服，很快我就给这套服装配上了厨师的黑色平顶帽，毕竟这种职业是需要以某种形象出现的。到附近的理发店走一趟，使我体面地登上了三十八路电车。我在罗德里格斯佩尼亚十字路口下了车，非常自然地从阿奇内利药房门前经过，最后来到金塔纳大街。粗略地看了一眼，我就瞥到了门牌号码。凭着衣服上的铜纽扣给予他的权威，门卫最初不愿意平等地与我交谈；但是我的服装也开始发挥效果，凯尔特人同意我乘坐货梯，也许是因为他把我当作卫生部的收款人了。我毫不费力地到达了目的地。一个厨师打开右手边的三号门。他可能以为我是来还帽子的，但是仔细核查以后，发现是另外一码事：我是安格拉达夫人的大厨。我冒用胡里奥·卡德纳斯的名片，在上面画了个神秘的图案，让夫人以为我就是卡德纳斯。一会儿工夫，我就把厨房的水池和冷冻库抛在了身后，来到一个小房间，这里你可以享受到最新的发明，比方说电灯、女主人可以躺下的卧榻；一个日本人正在给她做按摩，还有一个好像是外国人，正在给她梳理头发，就像人们常说的麦穗一般的金发，第三个人，看她认真的样子和近视眼，像位老师，正在帮夫人把脚指甲涂成银色。夫人身穿贴身长袍，脸上的笑容就像是颁给她牙医技师的荣誉证书。明亮的眼睛看着我，戴着假睫毛。发现有不止一位按摩师时，我愣了一下。我勉强寒暄了几句，说原来面对那张无耻的名片最最不知所措的人是我本人，我到底是怎么想到在上面画图的。

"它很可爱，不要妄自菲薄。"夫人回答说，她的声音就像是一颗冰块掉进了我的胃里。

幸亏我是一个见过世面的人。我没有丧失理智，开始大讲特讲巴勒莫足球俱乐部的历史赛绩，我运气不错，还有日本人帮我修正严重的错误。

好长一段时间之后，夫人打断了我们，我觉得她看样子并不常运动：

"您不是来像电台里那样解说球赛的吧，"她对我说，"要是那样，您就不会穿着带有烤肉味的衣服过来了。"

我利用她给我铺就的桥，重新精神振奋地说：

"河床竞技队的好球！夫人！我的初衷是谈电影，也就是你们昨晚审读的那个剧本。一部伟大的作品，是巨人脑袋瓜的产物。您不觉得吗？"

"对这无聊的东西我能有什么想法呢。反正'望远镜'卡德纳斯不喜欢，一点儿也不喜欢。"

我像魔鬼般龇牙咧嘴。

"这个意见，"我回答说，"不会改变我的新陈代谢。我要强调的是我们需要达成一个共同的承诺，就是您要尽一切可能使 S.O.P.A. 能够拍我的电影。如果您发誓，那么我会像坟墓里的人一样永远保持沉默。"

我立即就得到了回答：

"永远保持沉默,这可太难了,"夫人说,"因为最能够激怒一个女人的是,大家不承认我比小贝尔纳斯科尼更有价值。"

"我认识一位贝尔纳斯科尼先生,他要穿四十八号鞋,"我回敬她说,"但是鞋子的事先放一边。您最重要的事情,夫人,那就是把我的电影瑰宝推销给S.O.P.A.,不然就有小恶魔会向您丈夫告密。"

"那我就搞不懂了,"夫人说,"为什么要告诉他我都不明白的事情呢?"

从这种困境中脱身着实不易,但我还是做到了。

"您会理解我的。我指的是一对罪犯,也就是您跟刚才提到的卡德纳斯。这件琐事您丈夫会感兴趣的。"

我期望的戏剧场面落空了。日本人笑了,当作一个笑话,而夫人嘲讽地对我说:

"你就是为了这个花钱买了件不合身的大衣服,对吧。如果你对可怜的卡洛斯讲这件事,他只会当作陈芝麻烂谷子。"

我像罗马人一样受到了打击。我好不容易才抓住那把转椅,以免昏倒在地毯上。我如此精心策划的圈套就这么毁了,而且毁得很惨，毁在永恒的女性手中！就像另一个街区的龅牙兄所说的那样：跟女人在一起就等于是自杀。

"夫人，"我声音剧烈颤抖地说，"我大概是一个不可救药的人，一个不切实际的人；而您则是一个不道德的人，一个有愧于我呕心沥血的观察的人。坦率地讲，我很失望。我不能向您保证，一段时间以后我能从这次打击中重新振作起来。"

讲着这些激动的话，我已经走到了门口。于是，我扶了一下厨师的黑色平顶帽，慢慢地转过身，痛苦而有尊严地给她撂下几句话：

"您要知道，我并不满足于让您支持我的电影，我还想从您那里赚到钱。我曾经梦想过，在一些领域里，有些价值是可以得到尊重的。但是我错了。我如何进来的，我现在就如何离开，两袖清风。到时候不要说我收了一分钱。"

在告诉她这些事实之后，我用双手压紧黑色平顶帽，帽檐几乎碰到了肩膀。

"您凭什么要钱，您这个天生的蠢材？"那寡头从沙发那边大声对我说着，但我已经走到了餐具间，没有理她。

我向您保证，我离开的时候心里很激动，脑袋瓜像打转的电扇似的晕晕乎乎，汗水湿透了波波乐大饭店夜班小伙子借给我的围裙。

为了避免弄脏赞助人的服装，我像流星似的穿过下午四点多不繁忙的街道，直到内心平静下来。不管实证主义怎么说，奇迹突然降临：平静、安稳、发自内心的善良、最广义的人道，彻底原谅一切。我冲进动物园的披萨店，像普通人一样大口地吃着螺纹面包——说真心话——感觉比可怜的玛丽亚娜吃的所有法餐都要美味。我像一名哲学家，坐在楼梯最高的台阶上，看着下面的人像蚂蚁一样密密麻麻，哈哈笑了起来。我按照字母顺序查阅阿根廷电话号码簿，证实了我本来就非常清楚地知道的年轻人卡德纳斯的地址。我搞清楚了一个事实，它让我深感不快：这个可怜虫住在一个糟糕得不能再糟糕的居民区。野鸭、病鸭、笨鸭，我苦涩地说。这令人痛苦的确认只揭示了一条有利的消息：卡德纳斯就住在街角。

我相信波波乐大饭店的那些放债人不太容易认出我来，因为我穿着与平时不一样的衣服。我像条虫一样地从饭店门前爬过。

在Q.佩戈拉罗车库与苏打水厂之间,我看到一座平房,一点也不大,有两个模拟的小阳台,门上有个对讲口。就在我打量这座房子,准备要好好地骂上一通的时候,一个令人尊敬的人打开了门,是个女的,穿着拖鞋,虽然已经过了很多年,但我还是认出她就是我救命恩人的遗孀,也是我朋友的妈妈。我随即问她胡里奥是不是在家。她说在家,我就进去了。夫人让我看了家里那堆破烂儿,给我唠叨了些无聊的事,她说自己真的是老了——真是新闻!——已经不中用了,只能照顾儿子和茉莉花了。就这样,我们索然无味地聊着,来到了面朝另一个院子的饭厅。在这里,我很快就看到了年轻小伙子卡德纳斯,这个崇洋媚外的家伙正在潜心研读坎图的《世界通史》第三卷。

老夫人一走,我就在胡里奥背上拍了一下,吓得他像犬吠似的拼命咳嗽,我直截了当地对他说:

"砰!啪嗒!您的秘密被发现了,孩子,您的好日子到头了。我是来向您表达哀悼的。"

"但是您在说什么呀,乌尔比斯东多?"他一边叫着我的姓一边说,好像还没有熟到可以称我为搅屎棍的程度。

为了让他放松,我取出了波波乐大饭店的厨房伙计借给我的一副假牙,把它放在桌子上,为了缓和气氛,我还随着放下的动作,喜庆地发出令人不安的"汪——汪"叫声。卡德纳斯走过来,脸色苍白,而我在一旁一言不发地看着,猜想他一定吓得要死。他邀请我抽烟,为了进一步渲染悬念和不安的气氛,我直接拒绝了。可怜的家伙不知所措,塞给我香烟。我可是经常混迹在布宜诺斯艾利斯高档住宅区,况且远的不说,当天下午我还造访了安格拉达夫人的豪宅。

"那我就直奔主题了,"我一边收起他的烟,一边对他说,"我要讲的是一对罪犯,就是你和我们上层社会的一位已婚夫人。卡洛斯·安格拉达,那位夫人的小老公会对这些细节感兴趣的。"

他哑口无言,好像喉咙里的肉被切成薄片了。

"您不会如此卑鄙吧,"他最后对我说。

我调侃地一笑:

"别耍花招,不然你会付出惨重的代价,"我暴躁起来,

"要么你给我一笔可观的现金,要么这位夫人的名声,我的自尊心拒绝讲出她的名字,如果你明白我意思的话,将会陷入泥潭。"

既想惩罚我,又十分厌恶我,两种想法好像正在争夺这个拿不定主意的可怜人。我忙着消化先前在动物园门口吃的螺纹面包,满身冷汗,更不要说午饭时又堆上去的细面条了。最终厌恶胜出了,我真要为自己欢呼万岁!我的对手紧咬着嘴唇,就好像在跟一个夜游病人交谈,他问我要多少钱。这个可怜虫!他不知道我最是欺软怕硬的。当然,由于紧张,我的第一反应是后退。我被自己的贪婪迷惑了,没有预先考虑价格的问题,当时又不能离开去问顾问,波波乐大饭店永远不缺这种人,他会告诉我一个恰当的价格。

"两千五百比索。"我一下子讲了个数字,声音洪亮。

投机者顿时变了脸色,他没有像我预计的那样还价,而是叫我等他一个星期。我最讨厌拖沓,于是就限定他在两天内解决:

"两天,再多一分钟、一天、一年都不行。后天晚上七点五十五分整,在宪法广场二号电话亭。你来的时候把钱放在信封里。我会穿一件橡胶防水服，衣服扣上会别一朵红色康乃馨。"

"但是，你这个搅屎棍，"卡德纳斯抗议说，"咱们干吗要多费周折，你就住在离我半条马路的地方。"

我理解他的想法，但是我坚持不松口。

"就在我说的宪法广场，后天在二号电话亭。过了时间，我一分钱也不会接受。"

撂下这些狠话以后，我用绿色的桌布擦了一下假牙，第二次发出"汪汪"两声重新装进口袋。我没有跟他握手，很快就离开了，好像担心灶上的饭要糊似的。

星期一，在事先约好的时间，当我看到年轻的卡德纳斯满脸严肃地出现在宪法广场的时候，我有多么惊讶。他交给我一个信封，当我打开信封，您知道的，里边就是钱。

我不知道为什么在我离开的时候，脑子里尽想着香肠和巧克力。我急切地拦下一辆三十八路电车，以我现在的身份，三十六个座位任我挑，但我是站着的，没有座位，直到电车把我送到达拉格伊拉路口。看来一切都很顺利：我漫不经心地来到了新帕尔马大饭店。在上床睡觉之前，我想庆祝一下胜利。我不慌不忙地浏览着例汤菜单。在肉汤、农家汤、泡饭之后，伦巴第牛肚的余味在洋葱之间另辟蹊径。当我正要喝最新款塞米利翁白葡萄酒的时候，看到旋转门那边有几个按摩师正在笑。几番打量以后，他们认出我来了：我就是那位穿不合身的大衣服的先生，身上还带有厨房的味道，那次是去勒索玛丽亚娜夫人的，而他们这些日本人刚好在场。因为不想无聊地一个人吃饭，同时又可以向他们表明我是有钱人，我格外热情，他们也没有给我时间拒绝，很快我已经跟四个人一起在桌子上品尝大盘的糕点了。复活节饼让他们都很开心，而我则吃着玉米粥。他们一个劲儿地喝柠檬汽水，直到那股执着劲儿让我有点气恼。为了让他们知道什么是好酒，我从托罗葡萄酒喝到泰坦葡萄酒，还把法鲁卡苹果酒跟意大利蔬菜通心粉浓汤一同灌下。黄种人渐渐支持不住了，而我则是铁打的。我以冠军般一往无前的气概一脚把汽水瓶踢出一个弧旋球，要不是鞋底是双层的，脚肯定会受伤。情绪快要失控的时候，随你去想象这是为什么，我叫出了当晚第一阵谩骂，让那个跑堂的用最好的气泡酒换下打碎的瓶子。"我教你们用羊角面包区分莫斯卡托和牛奶咖啡！"我冲着我的朋友们喊叫。我承认自己提高了嗓门。那些可怜的日本人不知所措,他们不得不强忍着恶心对瓶吹。"干杯!干杯!"我一边狂饮一边大声地对他们喊着,命令着。比夏加利纳尔聚餐上的开瓶老手、狂欢纵乐者、滑稽大师的形象又在我的内心深处重生了,真了不得!可怜鬼们窘迫地看着我。第一个晚上,我不想过多地要求他们,因为我这个日本学家也撑不住了,头昏脑涨,好像醉了似的。

星期二一早,跑堂的对我说,当我在地上打滚的时候,日本人抓起我摔到了床上。在那个悲惨的晚上,不知道谁从我身上偷走了两千五百比索。法律将会保护我,我喉咙嘶哑地对自己说。比漱口还要短的工夫,我就去了那个对治安毫无兴趣的部门。"助理警察先生,"我重复着,"我只是要求你们找到那个偷了我两千五百比索的人,我请求归还我被抢走的钱,并对丑恶的罪犯绳之以法。"我的要求很简单,就像所有那些出自伟大心灵的旋律一样。但是这个助理警察却是个关注细节而且喜欢吹毛求疵的人,他向我提出了许多毫不相干的问题,对这些问题,坦率地说,我都不知道怎么回答。别的不说,他居然要我向他说明钱是从哪儿来的!我明白这样一种不健康的好奇心，绝对没有什么好下场，我很快就气愤地离开了警察局。离这里两条马路的地方，在波波乐大饭店幕后老板 N. 托马塞维奇开的商店里，您知道我跟谁相遇了吗？当心脑溢血！对，正是那些日本人，他们开心得要死，穿着新衣服，正在买自行车。日本人骑自行车！您能想象吗！真是无可救药的幼稚，他们居然没有怀疑悲剧正吞噬着我男子汉的胸膛。对我从马路对面的人行道发出的汪汪声，他们几乎没有回应，很快就骑着车子溜走了；冷漠的城市将他们吞没，连个鬼影也没有。

我像一个皮球，被人踢了就要反击。在路上稍许停顿（我在波波乐大饭店坐了下来，要了一升汤）之后，在一个合适的时间，我来到胡里奥·卡德纳斯家里，他的房子已经被抵押了。是胡里奥本人给我开的门。

"你知道吗，好朋友，"我说，用食指戳着他的肚脐，"昨天咱们俩白花钱了？已经这样了，胡里奥，别哭。你应该顺势而为，还是把该做的事搞定。要让事情有转机，你必须支付第二笔钱。把数字记住：两千五百比索。"

那家伙顿时变成一坨烂泥，好似一座化成面包屑的雕像，结结巴巴地说了一大堆我不想听的蠢话。

"唯一的规则是不要引起怀疑,"我给他强调说,"明天,星期三晚上七点五十五分,我会在埃斯特万·阿德罗格小区的 D. 埃斯特万·阿德罗格雕像下等你。我会戴着借来的黑色平顶帽去;你可以挥动一下手中的报纸。"

我匆匆离开,不给他跟我握手的时间。"如果明天我收到钱,"我对自己说,"我一定要再次邀请那些日本人。"那天晚上我几乎没有睡觉,满心想着要抚摸那些钞票。漫长的一天终于结束了。七点五十五分,我已经在雕像四周转悠了好长一段时间,头上戴着前面提到的黑色平顶帽。五点四十分的时候,还刚刚有点毛毛雨,从五点四十九分起周围的雨就下得很大了。我担心那些路灯,还有阿德罗格先生的雕像,它们宛如潘帕斯飓风中的玩具,会砸中我的脑袋。广场的另一侧,在那棵一刻不得安静的桉树附近,有一个亭子能让我短暂躲雨,如果卖报纸的先生同意的话。没有谁比我更加信守承诺,不顾一切地站在雨中。黑色平顶帽快稀烂了,褪掉的颜色把我的脸染黑了;年轻的卡德纳斯,我们会说,他的缺席倒使他更放光彩。我淋在雨中等他,一直等到深夜十点,但是什么事情都有个头儿，就连圣徒的耐心也一样。我怀疑卡德纳斯不会来了。在我自己良心的掌声中，我终于挤上了电车。开始时，乘客看到我落汤鸡的样子都在指指点点，让我有些分心了。但是，当我们刚到蒙特斯德奥卡大街时，我凭直觉看清了整个事件：卡德纳斯，我毫不犹豫地称为朋友的人，他没有赴约！泥足巨人[1]的故事再次上演！我下了电车又转地铁，出了地铁，又到了卡德纳斯家，没有冒着风险去波波乐大饭店喝一碗玉米粥填饱肚皮，因为我搞砸了那顶黑色平顶帽，还把脸和衣服都染黑了。我手脚并用，敲打沿街的大门，并发出我典型的、猛烈的汪汪声。卡德纳斯本人开了门。

"真是好心没好报，"我狠骂他，一巴掌打得他疼到骨头架，"你的理财导师、你的第二父亲在雨下干等，而你却在屋里无动于衷。你应该知道我是多么生气！我还以为你快要死了，不能动了——因为只有尸体可以缺席你的荣誉之约——

---

[1] 出自《圣经·旧约全书·但以理书》，巴比伦国王布加尼撒梦见一个巨大雕像，头是金的，胸和肾是银的，腹和腰是铜的，腿是铁的，但脚是半铁半泥的。比喻外强中干的庞然大物。

而我在这里看到你无比健康。你的罪行真是罄竹难书。"

我不知道他给我说了什么乌七八糟的事情，但是对我来讲全然不通。

"如果可以的话，请你讲点道理。"我把脸凑近对他说，"如果你一开始就爽约，那我还怎么能够相信你呢？如果我们一起干，我们可以走很远的路；如果不这样，恐怕一次最糟糕的失败将会断送我们的梦想。你应该明白这不是你，也不是我个人的事情，不是两三个人合作的事情；是有关两千五百比索的事情。想办法，想办法解决，行动起来。"

"我不行，乌尔比斯东多先生，"他这样回答，"我没有钱。"

"你上次有钱，这次怎么会没有呢？"我反驳道，"快从褥子里把钱拿出来吧，这可是你的丰饶之角、财富之源啊。"

他讲话有点困难，最后他回答说：

"上次那钱不是我的，是我从公司保险箱取的。"

我非常惊讶和厌恶地看着他。

"这么说来，我是在跟一个小偷交谈咯？"我问他。

"是的，是跟小偷。"可怜的家伙回答我。

我定睛看着他，对他说：

"你真是太不小心了,你不知道这样会使我有更多筹码吗?我现在的权威更是毋庸置疑了。一方面,我可以利用你盗用公司款项这件事控制你;另一方面,我还可以利用同那位夫人的风流韵事。"

最后这句话是我被打翻在地后说给他听的,因为这个懦弱的家伙,正在给我一顿胖揍,真好,真好。当然,在被他暴打以后,我头晕目眩,句子结构也有点颠三倒四,可怜的拳手好不容易才听懂:

"后天……晚上七点五十五分……卡尼欧拉斯广场最高处……最后一次宽容……两千五百比索放在一个信封里……不要这么用力……我会穿一套橡胶防水服,衣服扣上会别一朵康乃馨……对你老爸的朋友,不要打得太狠……你已经让我流血了,你可以喘口气……你要知道我是不会改变的……不会因为天气不好就不现身……你戴上偏绿色的博尔萨利诺帽……"

最后一句话是我在人行道上说给他听的,因为他拳打脚踢,把我拖到了那里。

我尽可能地站了起来。我跌跌撞撞,终于躺在床上做了一个应得的美梦。心里念着那些陈词滥调,我睡着了:两个晚上再加两个白天，我将拥有合法的两千五百比索。

约定的那天下午终于来了。这个倒霉鬼需要跟我坐同一列火车过去，这让我不安起来。如果发生什么事故那怎么办？是当场交易还是赶到卡尼欧拉斯广场再打招呼？回程时是到不同的车厢去还是干脆坐不同的车？这么多有趣的未知数简直要让我发烧了。

当我在站台上没有看到头戴博尔萨利诺帽、手中拿着信封的卡德纳斯的时候，我松了一口气。这个不守规矩的人没有来，那还看什么看。就像阿德罗格那次一样，我在卡尼欧拉斯广场也被放了鸽子；所有这些南方的地区，雨总是下个不停。我发誓要按照我良心的准则办事。

第二天，法尔法雷罗以冰冷的微笑接待我。我猜想他肯定害怕我会用我的电影瑰宝来找他麻烦，所以开头就把这根刺给挑掉了。

"先生，"我对他说，"我是以绅士的身份到这儿来的，想告诉您一个情况，您可以考虑一下它的价值；即使在最糟糕的情况下，我也会感到十分宽慰，因为我尽了我的责任。跟您说句实话，我一直渴望能够赢得 S.O.P.A. 的友谊。"

法尔法雷罗先生回答我说：

"简要一点，这是赢得友谊的唯一方式。在我看来，有人已经惩罚过您了，就是想叫您闭嘴，这张嘴早晚会让您陷入麻烦。"

熟悉的口气让我平静下来。

"先生，你们内部有一条毒蛇。这条毒蛇就是您的员工胡里奥·卡德纳斯，在下流社会被称作'望远镜'。在你们这样严肃的地方，他不仅道德缺失，而且为了不可告人的目的，他偷了你们两千五百比索。"

"您这个控告很严重，"他竖起耳朵对我说，"卡德纳斯到目前为止，还是一个没有问题的员工。我会去找他对质的。"临到大门口时，他又补充说，"您挨了打，小心翼翼地来报告了，但是人家还有可能再修理您的。"

我担心卡德纳斯再次发飙，立刻就悄然离开了。我一口气从四楼奔了下来，又以同样的冲劲登上了一辆宽敞的小巴车。真是令人愤怒得要死：要不是我乘的小巴车走得太快，我就会看到那一等壮观的场面了，先生：卡德纳斯被发现侵吞公款后，从 S.O.P.A. 大楼的四层跳下，像蛋饼一样摊在地上。是的，先生，这个有瑕疵的人自杀了，根据您刚才说的，您也是通过晚报上的照片才得知的。我恰好不在场，但是我们阿根廷的伟大灵魂之一——我的同胞兄弟，卡尔波内博士——想安慰我，他非常细致入微地分析，认为如果我只要稍稍耽搁一下，卡德纳斯六十公斤的体重就会砸在我的头上，那么死的就是我。鬼脸卡尔波内讲的是有道理，上帝在我这一边。

当天晚上，我没有因合伙人的离去而受到影响，而是穿上比尔洛可跑鞋，去发了一封信，我留了这封信的复件，您务必听一下。

法尔法雷罗先生：

尊敬的先生，我知道您格言式的高贵会让您向我坦言：在我向您粗略描述卡德纳斯的黑色犯罪记录时，您认为我对于S.O.P.A.的热情也许会促使我夸大其辞地提出一个完全不符合我性格的"严重控告"。**事实已经证明我是对的。**卡德纳斯的自杀证明了我的控告是准确的，而不是一种想象和胡言乱语。这是一场顽强而无私的斗争，经过许多的不眠之夜和牺牲，我终于揭发了这个朋友的真面目。这个胆小鬼用他自己的双手执行了正义，却逃避了法律的惩罚，这是我要第一个站出来唾弃的行为。

如果以您为尊贵总经理的电影公司，不能承认我为其所付出的劳动，那将是非常遗憾的。为此，我很乐意地牺牲了我最好的年华。

致以亲切的问候，

（签名）

我把信投入了我最信任的邮筒，也就是波波乐大饭店门口的那个邮筒，我在高压下苦等了四十八小时，这对于现代人或多或少所追求的安宁来说，一定是超负荷了。那些邮递员一定会恨我！我一点都不夸张，我变得令人难以忍受，我一直追问邮递员有没有 S.O.P.A 的经典信封，有没有上面写着我名字的信件。每当看到我站在门口等信的时候，邮递员的脸上总是现出很难过的样子，我于是猜到回信还没有到；但是我并不因此而放弃询问，放弃毫无用处地请他们把邮袋里的信倒在门前院子，甚至门厅，从中翻找，总希望能享受到自己发现期待已久的信件的惊喜。唉，还是没有到。

然而有电话打来了。法尔法雷罗约我当天下午到蒙罗去一下。我对自己说：我的爆炸性邮件充满着人情味儿，现在抵达了他们的中枢。我像准备新婚之夜一样准备了起来；漱口，认真修剪头发，用黄色的香皂洗脸，穿上波波乐大饭店工作人员直接发给我的内衣和量身定做的厨师服，口袋里还有一副洗碗用的橡胶手套和一些零钱，以备不时之需。然后，乘上电车！已经在 S.O.P.A. 本部的有坡斯基、法尔法雷罗、城中心的小鬼、魔鬼路比冈德本人。努克斯也在那里，我以为她是女主角。

我搞错了，努克斯演的是女佣，社交名媛的角色是由伊利斯·英瑞扮演的，她足够引人注目。他们一起庆贺我写的信，坡斯基博士作了有分量而略微冗长的讲话，强调了对我忠诚的考验。我们签了合同并且开了香槟酒。我们为制片的成功干杯祝酒，喝得半醉。

闪电般的电影拍摄在自然美景和索罗拉的布景中进行，正如蒙特内格罗博士所说，"这位画家虽然还称不上是一支笔,但已经算是一块调色板"。在城市和郊区取得的成功,使最悲观的人也相信阿根廷第七艺术的美梦在现在这个时刻已经不是完全不可能的事情。后来我创作了《为了不坐牢而自杀!》,再后来是《北区的爱情课堂》。别笑成这样,您的蛀牙都要露出来了:这后一部片子,可不是为了宣扬玛丽亚娜夫人与那些经典人物的风流韵事,毕竟他付了钱给我,现在还在付。请收下,乌斯塔里斯,这里有《成功人士》首映的票子。我要赶快走了,像炉子上烧着玉米粥一样;我不应该让夫人们久等。

普哈托

一九五〇年十二月二十一日

昏暗与华丽

生活就是这么奇怪，对于慈善机构和其他社区组织，我历来都相当冷淡。但是，当我在坐上了公益组织出纳的位置以后，我的看法改变了。慷慨的捐献通过信件像雨水一样落到我的头上。一切都很顺利，直到那一天有个闲人，这样的人永远不会缺少，他开始怀疑了。于是，我的律师冈萨雷斯·贝拉尔特博士，为了掩人耳目，把我送上了第一列火车，让我住到郊区去。连续四天四夜，我躲在邮政车厢里，跟那些无法投递的信件一起被丢在塔勒雷斯。最后，冈萨雷斯·贝拉尔特博士亲自前来帮我想出了令人满意的解决办法：给一个假想的人在埃斯佩莱塔安排一份付薪工作。地点就是拉蒙·博纳维纳的住处，当年我在《最新时刻》杂志工作的时候，去拜访过他。这个地方已经成为以他的名字命名的博物馆，以纪念这位英年早逝的小说家。作为一种命运的讽刺，我将是这座博物馆的馆长。

冈萨雷斯·贝拉尔特博士按照我身份的需要，把他的假胡子借给了我，我自己又配上了墨镜和一套和新职位相配的制服，准备好——也不是没有过抵触——接待那些乘敞篷公共汽车前来的学者和游客。连个人影也没有见到，作为博物馆的工作人员，我感到非常失望；但是作为逃犯，这却是一种解脱。你们可能不会相信，身陷此地的我百无聊赖，于是开始阅读博纳维纳的著作。很显然，邮递员抛弃了我；这么长时间以来我没有收到过一封信，也没有收到一份广告册。不过，博士每个月底都会派代理人给我把工资带过来。除了节日赏钱，每次还要先扣除差旅费和代理费。我根本就不上街。

刚得知时效期的消息，我就写下一些真挚的语句，贴在房间的墙上，跟所有要永别的人一样。我把匆忙间来得及偷走的东西都整理在一个包里，背起背包，站在路口，招手拦车，我又回到了布宜诺斯艾利斯。

有些我搞不懂的怪事发生了，什么东西飘浮在首都的空气中，一种模模糊糊、我也讲不清楚的东西，一种引诱我又拒绝我的味道：我感觉建筑物变小了，邮筒却长大了。

科连特斯大街的诱惑——披萨店和女人——迎面而来：因为我不是那种会逃避的人，所以就照单全收了。结果是这样的：一个星期之后，我发现自己，就像俗话说的那样，一个子儿都没了。不管显得多么的不可思议，我开始找工作，为此我必须依靠家人和朋友的关系，但是毫无成果。蒙特内格罗博士仅仅提供了精神支持，法因伯格教授，就像可以预见的那样，他并不想离开他关于支持教士一夫多妻制的圆桌会议。一直以来的好朋友卢西奥·斯凯沃拉甚至连时间也没有给过我。波波乐大饭店的黑人厨师则直接拒绝了我想在饭店帮厨的想法，还刻薄地嘲笑我，问我为什么不去函授烹调课。他这句无意间冒出来的话却成了我可悲命运的中心和支柱。除了坑蒙拐骗的老路，我还有什么别的办法？说实话，作出决定比付诸实施要容易得多。首先，我需要找一个名目。不管我怎么绞尽脑汁，还是没有能够找到比那个早已臭名昭著的公益组织更好的名头。它的声音还在回响！为了给自己打气，我想起了那条商业定理，即不要修改品牌。在卖给国家图书馆和国会图书馆七套《博纳维纳全集》和他的两座石膏胸像之后，我必须卖掉塔勒雷斯的巡道员给我的那件双排扣大衣，还有在衣帽间偷来的被遗忘的雨伞，以便高高兴兴地去支付有抬头的信封和信笺的费用。收信人的问题，我通过邻居送给我的电话号码簿，随便挑选一下就解决了。这本电话簿实在太破旧了，我一直没法在市场上卖掉。我把剩下的钱留下买邮票。

接下来我就去中央邮局。我像个有钱人一样进去了，捧着满满当当的邮件。不是我记错了，就是那个地方已经明显扩建了：入口处的台阶给我这个最不幸的人无比庄严的感觉，旋转门让我头晕目眩，为了捡一个包裹，我差一点被它打翻在地；错视天花板是胡里奥·勒·帕克的作品，让人头晕甚至害怕会跌到空中去；地面光亮得像一面白石镜子，把我丑陋的模样照得清清楚楚，甚至可以看到脸上的所有皱纹；墨丘利的雕像消失在穹顶的高处，更增添了这个政府部门的神秘感；那些服务窗口让人想起那一间间的忏悔室；柜台后面的员工正在交流丑姑娘和老处女的故事，或者玩着飞行棋。

楼里留给顾客的那个空间一个人也没有。数百双眼睛或眼镜都盯着我。我觉得自己成了怪物。在走近窗口时，我咽了一下口水，先来到离我最近的售邮票的窗口。我讲了我需要解决的问题，邮局的员工转过身去问他的同事。经过一番策划，两三个人一起抬起了地板上的一道暗门，给我解释说这门通往地下室，那里是仓库。过了一会儿，他们爬扶手梯回来了。他们不接受现金支付，给了我一大堆邮票，要是我集邮的话就有用了。您一定不会相信：他们甚至没有数一下。如果事先料到会这么便宜的话，我就不用卖掉石膏胸像和大衣了。我的眼睛到处寻找邮筒，但是没有找到；我担心邮局会反悔，所以选择了马上离开，到家里去贴邮票。

我非常耐心地在最里边的那个小房间，用唾液贴着邮票，因为根本就没有浆糊。在公鸡倒数第二次打鸣以后，我带着一部分准备寄出的信件，冒险走到里奥班巴街的路口。正如您所记得的，那边伫立着一个现在很时兴的十分笨重的邮筒，教区居民还用鲜花和供品把它装饰一新。我围着邮筒转了一圈，寻找投信口，但是不管我怎么转来转去，硬是找不到可以投信的缝隙。这么个巍然屹立的圆柱形物体居然没有任何的缝隙！毫无办法！我注意到有个警察正看着我，就回家去了。

当天下午我跑遍了整个街区，当然非常小心，出门的时候我故意没有带明显大包的东西，以免引起执法部门的注意。不管看上去多么难以置信，我感到惊讶的是检查过的邮筒居然没有一个有投信口。我询问穿制服的邮递员，他在阿亚库乔一带大摇大摆地走，却毫不关心邮筒，好像与他完全没关系似的。我邀请他喝咖啡，请他吃三明治，又用啤酒灌饱他。当我看到他已经没有任何防备的时候，便鼓足勇气问他为什么这些邮筒那么华丽醒目、夺人眼球，却没有投信口。他很严肃地，但是没有丝毫内疚地对我说：

"先生，您调查的内容已经超出了我的能力，这些邮筒没有投信口，因为人们已经不往邮筒里投信了。"

"那您做什么呢？"我问他。

他喝着另一升啤酒，回答我说：

"先生，您好像忘记了自己是在跟一个邮递员讲话，这些事情我怎么会知道呢？我只是做我自己该做的事情。"

我再也不能从他口中得到任何信息。另一些知道情况的人，他们来自各个不同的领域——一个在动物园照看水牛的先生，一个刚从雷梅迪奥斯来的游客，还有波波乐大饭店的黑人厨师等等——他们从各自不同的管道告诉我，他们这辈子从未见到过带投信口的邮筒，叫我不要再被类似的童话搞糊涂了。阿根廷的邮筒，他们重复着，是直挺挺的、实心的，里边没有空间。我不得不向事实屈服。我明白了，原来年轻的一代——照看水牛的先生和邮递员——已经把我看作一件古董，反复讲着属于一个失效时代的怪话，于是我决定闭嘴。当嘴巴沉默以后，我的脑子就开始沸腾了。我在想，如果邮政不运行了，那么灵活、不偏不倚、能够把邮件汇总的私人快递，必定会受到群众的欢迎，将会为我带来巨大的收入。还有一个积极因素，在我看来，一旦运行得当，快递行业将会帮助我那个起死回生的公益组织散布骗人的谎言。

在商标专利局，我敲锣打鼓地想注册我孕育呵护已久的杰作，但是这里洋溢着一种在好多方面都与邮政局相似的气氛：一样的教堂般的沉默，一样的没有顾客，一样的有无数工作人员，一样的拖拖拉拉、毫无生气。好长时间以后，他们递给我一张表格，我填写好了。可什么都还没有做呢，这只是我苦路的第一步。

我看到了所有人对我那张表格的厌恶。有一些人干脆就背对着我。而另一些人则当着我的面拉长了脸。还有两三个人干脆辱骂和嘲弄起来。最最宽厚的一位屈尊抬手给我指了指旋转门。没有任何人给我收据，我也明白最好不去投诉。

又一次回到相对安全的合法住所，我决定忍受到局势平静下来。几天之后，我向给我送足球彩票的先生借了个电话，于是我跟我的忏悔师贝拉尔特律师通了话。为了避免受牵连，电话中他稍微改变了声音对我说：

"您一定要清楚，一直以来我都是站在您这边的，但是这次您讲的事情我实在是无能为力，多梅克先生。我为我的主顾辩护，但是律师事务所的好名声总是要高于一切的。虽然难以置信，但这是真的：总有一些垃圾是我不能袒护的。警察正在找您，我的不幸的老朋友。请不要再坚持，不要再纠缠了。"

接下来他猛地挂断电话，把我的耳垢都震出来了。

出于小心谨慎的考虑，我把自己锁在房间里，但是几天之后，连最蠢的人也能知道，无所事事会让恐惧生根发芽。

后来我豁出去了，走上了大街。我漫无方向地在大街上晃悠。突然，我发现面前就是警察总局，我的心都跳到了嘴巴里，两条腿都要站不住了，马上躲进了最近的一家理发店。我甚至没意识到自己竟要求理发师给我刮胡子，而我的胡子是假的。结果理发师正好是伊西德罗·帕罗迪，他穿着白色防尘服，脸庞保养得不错，尽管有点显老。我没能掩饰住惊讶，对他说：

"伊西德罗先生！伊西德罗先生！像您这样的人待在监狱里或者远远躲起来都挺好的。您怎么会想到就在警察总局的对面安顿下来？一不小心，他们就会来找您的……"

帕罗迪轻描淡写地回答我：

"公益人先生，您是生活在什么世界啊？我曾经在国家监狱二百七十三号牢房，有那么一天我发现门半开着。院子里都是被释放的囚犯，手里拿着小小的行李。狱警没有点名。我回去取马黛茶和烧水壶，接着我小心谨慎地靠近了大门。就这样我走上拉斯埃拉斯大街，然后就到这儿来了。"

"要是他们来抓您呢？"我低声地说，因为我要考虑到自己的安全。

"谁来呢？大家都假装看不见，谁也不做任何事情，但是必须承认大家还会做做样子。您关注过电影院吗？人们还会继续聚集在那里，但是那里已经不放任何片子了。您注意到没有，随便哪一天都有政府的某个主管部门不工作？售票处里没有票，高高的邮筒没有口，圣母马利亚也没有奇迹。就今天而言，唯一还在运作的服务，就是在污秽的环境中，公共汽车还在跑。"

"您可不能沮丧，"我请求他，"日本公园的摩天轮还在转动。"

普哈托

一九六九年十一月十二日

荣耀的形式

一九七〇年五月二十九日,拉普拉塔

豪尔赫·利纳雷斯先生

纽约大学

纽约,N.Y.

美国

亲爱的利纳雷斯:

尽管我们流放在布朗克斯的克里奥尔人之间时拥有长久的友谊,而且这种友谊已经再三向我证明,你绝不是个爱散布流言蜚语的人,但是对于今天这封完全私密的信件中写到的事，我强烈要求你至死保持沉默。不要对潘托哈博士透露一个字！也不要对你我都知道的那个爱尔兰女人，对校园酒吧那群人，对施莱辛格，对威尔金森透露一个字！虽然我们在肯尼迪机场告别已经两个多星期了，但是我打赌你一定还粗略地记得那位潘托哈博士曾经给过我一些鼓励，让马肯森基金会安排我跟格罗多米罗·鲁伊斯见面。现在他已经搬到了拉普拉塔。潘托哈博士和我都希望我本人长途跋涉到策源地去跑一趟，这将会对我论文的完成产生不可估量的价值；但是我现在看到，这件事还是困难重重。再说一遍：请不要对哑巴苏卢埃塔透露一个字。

来这里一个星期之后，我就急不可耐地动身去了一趟瓜莱瓜伊丘，这是鲁伊斯的故乡，诗人在这里兢兢业业地完成了他所有的著作。我的调查就是从这里开始的，向这里绝佳的牛奶咖啡致敬，这是酒店老板手把手教我的，他是民主人士，非常谦和，愿意跟我这样的普通人交谈，丝毫没有显得降低了身份。冈巴特斯先生告诉我说，鲁伊斯家族是当地古老的家族，早在伊里戈延当政时期就在这里，还说家族中最出名的不是格罗多米罗，而是弗朗西斯科，外号叫"裁缝"，这是因为他奇装异服的缘故。后来，他屈尊陪我走了半条马路，一直走到鲁伊斯的宅院，这里其实只是一些断壁残垣，随时都会垮塌的旧房子——要是没有人照管的话。进出的大门，我们暂且这样称呼它吧，是紧闭着的，冈巴特斯先生向我解释说，这是因为很多年之前鲁伊斯家族就选择了"布宜诺斯艾利斯之路"，第一个走出去的就是格罗多米罗。我不失时机地请一个小伙子给我们拍了照，我把照相机给他，请他给酒店老板和我在旧房子前合影。我想，当大学把书稿出版的时候，这张真实的照片将是我作品的另一个闪光亮点。还会附上一张放大的海报，有我们两位模特的签名，我真想手里拿着马黛茶出现在照片上，但是这方面的投资并不在我的支出计划之中。

正如胡里奥·康巴在《青蛙旅行者》中所描述的，游客的生活就是接二连三地进出宾馆。我一回到布宜诺斯艾利斯，马上就在宪法广场的一家酒店安顿下来，准备即将去拉普拉塔的旅行，我是乘小巴去的。

小巴司机在路上差一点与迎面而来的车子相撞。是他给了我格罗多米罗·鲁伊斯的地址，因为他们正好是邻居，他坚持亲笔为我写下地址。一到达拉普拉塔大学生足球俱乐部所在的城市，我就开始奔走。我到达七十四斜街。我的手指是不会轻易泄气的，它按下了门铃。等了很久之后，一位厨娘给我开了门。格罗多米罗先生正好在家！我只需要穿过门厅和院子就能见到我敬仰的诗人。他的前额，他的眼镜，他的鼻子和他标志性的邮筒投信口似的嘴巴；身后是学者的图书馆，那里放着《园丁画报》，还有阿拉卢塞的文集。前景是一个穿丝光塔夫绸西装的身影。被采访者没有从他松软的座位上欠起身子，他始终保持着牛粪般瘫软的姿势，给我指了一张松木方凳。我给他出示了基金会的介绍信、我的护照、潘托哈的指示和——还有——小巴司机潦草书写的那张纸片。他非常仔细地一一核对，然后对我说我可以留下来。

一段断断续续的暖场交谈之后，我给他讲了这次拜访的真正原因，他觉得没有什么不好。于是，我开门见山，尽可能直白地告诉他我的目的是写一篇关于他的专题论文，让整个北美洲都能够认识他，哪怕只是在大学范围内。我拿出圆珠笔和有塑料封面的小本子。我花了一分钟时间，找到我跟潘托哈在哈佛一起准备的话题，于是我就开始提问了：

"您的出生地和日期？"

"一九一九年二月八日在恩特雷里奥斯省的瓜莱瓜伊丘。"

"您的父母亲是干什么的？"

"父亲是第十七街警署的警察，后来他被提拔，去搞政治了；母亲是雷西斯腾西亚人，是从巴拉那过来的。"

"您的第一个记忆是什么？"

"一幅海景图，有天鹅绒画框，还镶嵌了珠母，用来描绘泡沫的样子。"

"您的第一位老师是谁？"

"是个偷鸡贼，他让我开始接触这项艺术的奥秘。"

"您的第一本书是什么？"

"《给马丁尼亚诺·莱吉萨蒙先生的口信》，在这里取得了令人瞩目的成功，它远远超出了帕斯将军大街的范围。除了可观的版税，我还非常高兴地与我的同行卡洛斯·J. 罗巴托一起分享了十九班的处女作奖桂冠。罗巴托在发表《鸻蛋》五年后就早早故去了。"

"您对这些奖项怎么看，老师？"

"带着新手非常健康的激情，我冒险进行了第一次出击。

媒体表现出尊重，虽然并不能每次都区分清楚我写的是莱吉萨蒙式的散文、批评文章，还是已经消亡的民歌小调。"

"您的第一个成果还激起您什么想法吗？"

"现在听到您问我这个问题，我认为事情很曲折，一个不好就会晕头转向。流言蜚语正是由此而起的。我从来没有跟任何人讲过这件事，但是跟您就是另一码事了，因为您来自遥远的地方，对我来讲完全不了解的地方，就是这样。那我就完全敞开心扉，让您随意地翻找。"

"您准备给我这么好的机会？"我问他。

"您是第一位，也是最后一位能够听到我今天要讲的话的人。有时人们是想发泄一下的。那最好还是向一只途经这里的候鸟发泄，跟某个不认识的人发泄，因为这个人会像最后一口烟一样消失。说到底，一个本分的公民，即使他靠欺骗或盗用公款活命，也希望真理能够取得胜利。"

"您说得很对，不过我敢安慰您，我们那儿已经有很多人深入研究、探讨过您的作品，我们是以最认真的态度喜爱它们以及——如果您能够理解我——您这个由它们向我们揭示的人的。"

"说得好。但是我的职责是提醒您，您把手指伸进了电扇的扇叶间。不是吗？就拿那本书来说吧。由于我是跟另外一位分享奖项，所以我势必要跟那位去世的罗巴托及其十余首民间吟唱诗永远捆绑在一起。我用了'口信'这个词，意思是信息、信函，这在前些年曾经盛极一时，但是那些教授、批评家都无一例外地把它说成是我们高乔人独特的坐骑。我觉得正是因为跟罗巴托的本土吟唱诗混淆才使他们误入歧途的。为了一鼓作气，我开足马力，撰写了我的第二部作品：《语义的忧伤》。"

我非常自豪，大胆地打断了他。

"有的时候追随者对大师的作品比大师本人还要熟悉。您把书名搞混了。随着时间的推移，记忆会慢慢地淡去。闭上眼睛，回忆一下。您的书，您自己的书，应该叫《犹太人的忧伤》吧。"

"封面上是那样子写的。而实际情况，那实际情况直到现在我一直把它深埋在我的内心，那是印刷厂的工人把书名搞错了。《语义的忧伤》是我写在手稿上的书名，但是他们在封面和护封上写的是《犹太人的忧伤》，这个错误由于当时十分仓促而被我忽视了。结果是：批评界把我当作希尔施男爵的犹太垦殖协会的颂扬者。而我本人对犹太人毫不关心！"

我悲哀地问他：

"但这究竟是怎么回事？难道先生您不是犹太高乔人吗？"

"真是对牛弹琴。难道我没把事情讲清楚吗？那我再讲多些：我构想的这本书是对那些乡巴佬和投机者的抨击，他们毫不留情地侮辱真正的高乔人。但心有余而力不足；谁都不能逆潮流而上。我好脾气地接受了命运的判决，我不会否定它，毕竟它为我带来了许多正当的利益。我也毫不迟疑地很快偿清了债务。如果您用放大镜仔细地对比一下第一版和第二版，很快就会发现在第二版中，有一些诗句都在赞美那些为实现国家农业机械化作出过贡献的农民和商人。由于所有这一切我的名声在不断地提高，可是我也听到了大地尖锐的召唤，现在，我要回应。几个月以后，莫利·格鲁斯出版社出版了我和解的小册子《新约旦主义之要》，这是我潜心研究、认真修改的结果。丝毫不想贬低值得我们尊重的乌尔基萨的形象，我潜入约旦主义的水中，何塞·埃尔南德斯响应高乔人马丁·菲耶罗族人的号召，他正在那里奋力划水。"

"我清楚地记得潘托哈博士的文章,他恬不知耻地颂扬了您关于约旦河的论文,他毫不犹豫地把它与希伯来人埃米尔·路德维希所著的《尼罗河自传》相提并论。"

"又来了!看起来是这位潘托哈博士给您戴上了眼罩,而您怎么拽都无法拿掉。我的小册子讲的是圣约瑟宫的罪恶,而您给我讲的是外乡的河流。正如诗人所说:一旦命运降临,那真是无可奈何。有的时候我们晕头转向,扮演自己的灾星。无可奈何中我也在随波逐流。我渴望成为主流评论家,于是我对路易斯·玛丽亚·乔丹的《小女孩和骡子》发表了暧昧不清的个人见解。《小女孩和骡子》被认为是对前面那本关于约旦河的书的肯定。"

"我懂了,先生,"我拍着自己的胸脯叫了起来,"相信我,我会全身心地投入追求真理所要求的艰苦工作。我将还原您的初衷!"

我看到他确实是疲倦了。他接下来的话并不让我意外:

"慢点,慢点,不要越界。否则我就要对您超速罚款了。说归说,但没到能够把一切归位的时刻,一分钟也不得提前。提前跨了一步,宣布我不是人们想象中的那种人,结果就是把我吊在平流层。这是一件非常微妙的事情。谨言慎行那是我们唯一的原则！批评——打个比方，您的潘托哈博士——给予的形象总是要比仅仅是原动力的作者更易触知。如果打倒了这个形象，也就打倒了我。我是听凭命运摆布的人。人们已经把我看作移民社团的游吟诗人；要么继续把我看作这样的人，要么就看不见我。去掉现代人的神话，便拿走了他果腹的面包，切断了他呼吸的空气，并且剥夺了我强烈推荐的拿破仑草[1]！因此直到现在，我都是业界公认的亲犹旗手。我有了您的承诺，您可以走了。您走得越远，我过得越好。"

我好像被踢了似的走出大门，如同丧失了信念一般，于是我在科学中寻找庇护。我拿出学生证，钻进了博物馆。有些时刻很难分享。站在弗洛伦蒂诺·阿米诺的雕齿兽面前，我给自己的心灵做了一次测试，这不是毫无用处的。我明白了鲁伊斯和潘托哈，也许他们永远无法握手言和，他们是同一个真理的两张嘴。那著名的系列误解链，实际上是一种巨大的肯定。作家所展示的形象比他的作品更加重要。他的作

---

[1] 指马黛茶。

品可能是可悲的垃圾,就像人类所有的东西一样。将来谁会在意《口信》是一种批评的意见,而新约旦主义的根源就在路易斯·乔丹的《小女孩》?

热烈拥抱我的朋友们。至于您,我想再次提醒您,卡耶塔诺是很好的朋友。献上我对潘托哈的敬意,等我有足够的勇气,我会给他写一封长信。

在此向您告别,再见!

图利奥·萨维斯塔诺(h.)[1]

---

[1] 1971年4月图利奥·萨维斯塔诺(h.)旁征博引的博士论文《鲁伊斯:移民社团的诗人》在哈佛大学《毫无异议》发表。——编者注

审查的头号敌人

(埃内斯托·戈门索罗小传，拟作其《文选》序言)

战胜了内心深处的情感，我用雷明顿打字机写下了这篇埃内斯托·戈门索罗小传，作为他《文选》的序言。一方面，我害怕无法彻底完成一位逝者交给我的任务；另一方面，我又感到一阵忧伤的喜悦，因为我能够重新描述这位伟人，马斯希维茨镇平和的乡邻们直到今天仍然怀念着这位名字叫埃内斯托·戈门索罗的先生。我不会轻易忘记那天下午他用马黛茶和小饼干接待了我，就在他庄园的风障下，离铁路不远的地方。我之所以要花钱赶到如此偏僻的地方，是因为他往我家里发了一份请帖，邀请我参加当时正在酝酿中的《文选》

组稿，我自然为此而激动。文学艺术资助人的灵敏嗅觉，唤起了我浓厚的兴趣。而且，为了抓住机会，免得他反悔，我决定亲自上门，以避免我们邮政部门经常发生的那种典型的延误。[1]

光秃秃的脑袋，凝望着乡村地平线的眼神，宽阔的灰青色脸颊，总是叼着吸管喝马黛茶的嘴巴，垫在下巴下面的干干净净的手绢，斗牛的胸脯，没有熨烫平整的轻便麻布服装，这就是我拍到的第一张快照。坐在藤制吊椅上，主人冷淡的声音打碎了迷人的画面，他给我指了一张厨房方凳，让我坐下。稳妥起见，我当着他的面得意地使劲儿挥动那张请柬。

"是的，"他漫不经心地说，"我给所有的人都发了通知。"

他的坦率令我高兴。

在这样的情况下，最好的策略就是博得他的好感，他的手中握着我的命运之神。我非常真诚地向他宣布我是《最新时刻》杂志的艺术与文学专栏记者。我真正的目的是为他写

---

[1] 我带去的文章就是《他朋友的儿子》，研究人员可以在那些比较好的书店销售的本卷文集中找到。

一篇报道。他没有摆架子，吐了口痰，清了清嗓子，然后以名人特有的那种谦和对我说：

"我真心地支持您的想法。但我提前告诉您，我不准备跟您谈审查的问题，因为已经不止一个人到处重复说我是空谈家，反对审查的斗争已经成为我唯一的执念。您可能会提出异议，说时至今日，已经很少有什么主题能够像它那样令人兴奋不已，您说得很对。"

"这我知道，"我叹一口气，"最没有成见的色情书画作者，在他们的活动范围里，每天都看到新的障碍在产生。"

他的回答使我目瞪口呆。

"我早就在猜想您会不会抓住这一点。我以最快的速度认可你的想法，给色情书画作者设置障碍，我们要说这是不讨好的事情。但是见鬼去吧，这些老生常谈不过是问题的一个侧面。对于道德审查、政治审查，我们已经浪费了如此多的口舌，却忽视了其他一些更加侵犯自由的东西。我这辈子，如果您允许我这样子讲的话，就是一个很有教益的案例。祖祖辈辈总是在考试桌上败下阵来，我从孩提时代开始就被迫面对各种各样的任务。就这样我被卷进了漩涡：小学、皮箱买卖，有的时候还被人从垛柴捆的活儿里拉走去写一两首诗。这最后一件事情本身并没有什么意思，但是它激发了马斯希维茨镇警惕的人们的好奇心，并很快就口口相传，越搞越大。我感觉，就像人们看着海潮上涌一样，镇上的男女老少都欣慰地看着我开始在报纸上发表作品。类似的支持驱使我把赞歌《在路上！》邮寄给专业性的杂志。结果是一片阴谋般的集体沉默，只有一家体面的副刊给我退回了稿子，没有一句评论。

"那里，在相框里，你可以看到那个信封。

"我并没有气馁，我的第二次出击便是大规模的了；我同时给至少四十家出版机构寄了十四行诗《在耶稣诞生地》。后来又继续用十行诗《我教训》进行狂轰滥炸。我还寄了自由体诗《翡翠地毯》和八音节三行诗《黑麦面包》。说起来你都不信，全部遭到同样的命运。如此奇怪的冒险行动让当局的领导和邮局的员工坐立不安，并被他们大肆渲染。结果是可以预见的；如果说有伯乐的话，帕芳博士任命我为《观点报》周四文学副刊的主编。

"我担任这个职务差不多一年，就被撵走了。我一向不偏不倚。没有任何东西，尊敬的布斯托斯，会让我在临终之时感到良心不安。只有那么一次，我在报纸上发表了自己的作品——八音节三行诗《黑麦面包》，结果招来了持续的论战，通过大量的实名和匿名信——是以假名尼摩船长[1]发表的，影射儒勒·凡尔纳，但并不是所有人都能领会到。他们打发我走不仅仅因为这个原因；没有哪个人不在责怪我，说星期四文学副刊的版面不过是个垃圾桶，或者你喜欢的话，还不如垃圾桶。也许他们指的是发表的内容质量极其低下。毫无疑问，他们的指控是正确的；但是他们并不理解我的指导原则。重新阅读那些杂乱无章的废纸仍然会让我恶心，比那些最尖酸刻薄的文艺评论家更甚。这些废纸我甚至根本没有翻阅就交给了印刷厂的负责人。就像您所看到的那样，我是敞开心扉跟您讲话：从来稿的信封到排版我都没看一眼，甚至不会费力去了解究竟是散文还是诗歌。我请您相信我：我的档案里保存着一个实例，两三个童话都抄自《伊利亚特》，而签名则完全不同。太阳牌茶叶和猫牌马黛茶的广告会跟其他同样烂的宣传稿夹杂在一起，还有那些无所事事的人写在厕所里

---

[1] Capitaine Nemo，儒勒·凡尔纳小说《海底两万里》中的主要人物。

的诗句。甚至会出现许多女人的名字，让人遐想万千，还留有电话。

"就像我夫人早已预见到的一样，最后帕劳博士大发雷霆，负责地告诉我说文学副刊就到此为止了，他不能说他感谢我提供的服务，因为他没心情开玩笑，他叫我马上滚。

"我坦率地告诉您，我被开除是因为——不管多么不可思议——一首引人注目的自由体诗《突袭》的发表，它重新讲述了一个很受当地人喜欢的故事：潘帕斯草原的印第安人进行的一次毁灭性的入侵，他们没有留下任何活口。这场灾难的历史真实性，遭到萨拉特当地不止一位不尊重传统的人士的质疑；但毫无争议，它启发了估价拍卖师、我们主编的侄子卢卡斯·帕劳的那些写得不坏的诗句。年轻人，等您要坐火车离开的时候，就在不久之后，我会给您看那些自由体诗，现在我放在相框里。按照我的标准，发表时我根本没看它的签名和内容。有人告诉我说，抒情诗人于是又寄来许多等待发表的长诗，这毫无用处，因为凡事都有先来后到嘛，我当时正忙着发表另一些胡言乱语的东西，就把长诗推后了；裙带关系和不耐烦成了压死骆驼的最后一根稻草，于是我需要走到出口。我决定离开。"

在整个独白过程中，戈门索罗毫无苦涩，而且非常坦率。我的脸就好像看到飞猪一样目瞪口呆，等了好一会儿我才讲出一句话：

"我很愚钝，我还不能完全弄明白。我想弄明白，我想理解您。"

"您的钟声还没有敲响呢，"这就是他的回答，"据我所看到的，您不是我挚爱的本地人，但是从愚钝——只是重复一下您的说法，它既客观又严格——的角度来讲，您可能没错，因为您根本就没有能够理解我现在正在强调的事情。这种普遍的不理解的又一个证据，乃是几十年来给我们这个有活力的市镇带来辉煌的福罗拉丽亚节荣誉委员会，邀请我当评委。他们根本就没有理解！作为我的义务，我拒绝了。威胁和贿赂在我自由人的决定面前粉身碎骨了。"

讲到这时，就好像已经给出了谜题的答案，他又喝了一口马黛茶，退回到内心深处。

等他喝完了马黛茶，我终于敢细声细气地讲话了：

"大师，我还是没有弄明白。"

"好的，那我就用您那个水平的语言跟您讲吧。那些用笔杆子破坏公序良俗或者说破坏国家基础的人自然知道——我愿意相信——他们会遭到审查。这糟糕透顶，但总得有一些游戏规则，那些违反规则的人就要承担责任。相反，我们来看看，当您亲自去找编辑，给他们看您的原稿，总而言之，那是一堆地地道道的破烂货，会发生什么呢？他们读了，把稿子还给了您，并对您说可以随便丢在什么地方。我敢打赌您会站出来，自认为是最无情审查的受害者。现在，我们就来假设一下难以置信的事情。您提交的文字不是一堆废话，编辑很感兴趣，然后把它交给印刷厂。书报亭和书店把它提供给没有坏心眼的人们。对您来讲，这是圆满的成功，但不可忽略的事实是，我亲爱的年轻朋友，您的原稿，不管是不是值得尊重，它已经过了审查这道卡夫丁轭形门[1]。有人通读过，哪怕只是浏览；有人评判过，把它扔进了废纸篓或者送到了印刷厂。不管看上去是多么的耻辱，这个事实却在所有的报纸、杂志连续不断地重复着。我们总是会碰到一个审查

---

1 典出古罗马史，公元前321年，萨姆尼特人在卡夫丁峡谷击败罗马军队，迫使他们从长矛架起的类似"牛轭"下通过。比喻灾难性的羞辱。

者，由他挑选或者摒弃。这是我现在和将来都不能忍受的。您现在开始明白我领导星期四副刊时的想法了吗？我一点都不检查，也不评判；全部放进了副刊。在这些听之任之的日子里，偶然产生了一项意想不到的遗产，它使我最后编成了《全国文学开放文集》首卷。在电话号码簿的帮助下，我向所有活着的人，包括您，请求寄给我任何想寄的东西。我将最平等地按照字母顺序来处理。你可以放心：一切都会印刷出版，不管它有多么肮脏愚蠢。我不久留您了。我已经听到了火车的汽笛声，它将把我们带回日常生活。"

我沉思着离开，大概有谁跟我讲过，这对戈门索罗的第一次拜访也将是最后一次，真是无可奈何。跟朋友兼老师的亲切交谈不会再有第二次开启的机会，至少在冥河的这一边是如此。几个月以后在马斯希维茨庄园，死神夺去了他的生命。

戈门索罗厌恶一切带有一丁点儿选择性的事情，据说，他把合作者的名字放在一个木桶里，在这次摸彩中我是幸运者。我中了一大笔钱，其数字超出了我最最贪婪的发财梦，但是必须尽到唯一的义务，那就是在尽可能短的时间里出版一本完整的文选。我匆忙地接受了，匆忙的程度是可以想见的，我搬到了庄园居住，他曾经在这里接待过我。庄园里的库房我数也数不清，里面已经堆满了手稿，快到字母C了。

跟印刷厂的人谈过以后，我厥倒了，好像被雷击一样。那笔财富根本就不够出版到字母Aňan，哪怕是用脆性薄纸、用需要放大镜的超小字体！

我出版了上述那么多卷的简装本。从字母Aňan往后的部分的撰稿人，用连续不断的诉讼和争吵，几乎把我逼疯了。我的律师，冈萨雷斯·贝拉尔特博士，为了证明我们的公正廉洁，毫无作用地援引我作为例子，说我是字母B打头的，也被撇在了外面，更不用说再没有钱收录的其他字母了。在此期间，他劝我用假名去新公正酒店避一避风头。

普哈托
一九七一年十一月一日

靠行为得救

一

我非常赞成我办公室的同事图利奥·萨维斯塔诺先生，他今天早上发疯似的吹嘘前几天晚上韦伯斯特·特赫多尔夫人邀请她的许多朋友在奥利沃斯的私宅举行的家庭派对。毫无疑问，参加派对的有何塞·卡洛斯·佩雷兹，这是个社交能力非常强的人物，外号叫"小酒肚"。他颈背短小，偏紧的服装裹着他结实的身躯，个子矮小，但是敏捷灵活，是个老近卫军风格的小混混，以脾气差、爱打架出名。总之，"小酒肚"是个人见人爱的家伙，特别是在有女孩或者马的地方。

图利奥先生因为经常给他带书，所以可以自由进出我们这个男主角的家，而且是各个房间，连接待室和仓库的地下室都不放过。目前，"小酒肚"完全信任他，并且悄悄把所有的幕后秘密都告诉他。我这样讲是有根据的；于是只要远远地看到图利奥先生，我就会抓住他，让他不得安宁，直到从他身上挤出一些前一天的八卦新闻。现在我就来谈谈最近一则新闻吧；今天上午，萨维斯塔诺为了把我甩开，详细地讲了：

"讲出来，你可要喝口冷水压惊：虽然看上去不可信，但是'小酒肚'对图比亚纳·帕斯曼已经厌倦了，现在他把目光投向了伊内斯·特赫里纳小姐，她是组织舞会的特赫多尔夫人的亲外甥女。特赫里纳是美丽动人的交际花，有钱又年轻。她竟会理睬'小酒肚'；有时我真想去巴斯德研究院要求给我打一针消除妒忌。但是'小酒肚'知道自己要什么；他希望女人能够成为他血液里自带的暴君性格的奴隶。为了吊着她，他在舞会上向玛丽亚·埃丝特·洛卡诺献殷勤，她是图比亚纳家的穷亲戚，年轻时从来都没过过好日子。传言普遍认为她还有其他一些更糟糕的缺点。这些事情都是'小酒肚'自己告诉我的，因为他给拳击俱乐部回信的时候，我在帮他舔邮票，他都告诉我了。

"这一切就像是象棋大师阿廖欣[1]的一局棋。特赫里纳一片茫然，而'小酒肚'则像是有人给他挠痒痒一样享受着。有一个细节让他觉得有趣，那就是玛丽亚·埃丝特对他没有很多回应。你想象一下那荒唐的场面：舞会上最没有风度的那个女人居然厌恶这个奢华的追求者'小酒肚'。特赫里纳尽力压抑着怒火，因为不管怎么说，她受到过很精致的教育；但是到凌晨三点一刻她实在忍不住了，有人看到她哭着跑出去了。有人说是因为她喝得太多了，但大家公认的看法是她因为恼怒而哭了，因为她爱着'小酒肚'。

"第二天，我去看他，'小酒肚'特别兴高采烈，他在自家游泳池的跳台上活蹦乱跳。这个你很喜欢的。"

二

星期三我们重新拾起了话头。萨维斯塔诺稍微来晚了一

---

[1] Alexamdre Alekhine（1892—1946），国际象棋世界冠军。

点，但是我已经帮他打了卡。萨维斯塔诺笑容可掬，像是一则广告。他的大翻领上醒目地别着一支康乃馨，这可是萨莫拉先生都没有的。他东面说几句悄悄话，西面说几句悄悄话，对我说：

"'小酒肚'昨天晚上往我口袋里塞了一大笔钱，准备在阿尔维亚大街的花店买一捧康乃馨送给洛卡诺小姐，并且叫我亲手交给她。幸运的是我有个亲戚正巧是在查卡里塔卖花的，他给了我一个很好的价格，差价便成了我的差旅费。

"洛卡诺小姐住在曼西夏大街靠近厄瓜多尔街的一座房子的楼上，楼下是一个钟表匠。我疲惫地走上大理石台阶，气喘吁吁，舌头都伸了出来。小姐本人给我开了门。我马上就认出了她，因为她跟'小酒肚'的描述完全一致。她黑着一张脸。我把那些康乃馨和一张名片交给她，她问我'小酒肚'为什么要这样做。后来她又补充说，为了减轻我的负担，她会留下一半，并一分钱也没给就打发我把剩下的康乃馨和她的名片拿去交给伊内斯·特赫里纳小姐，她可是住在阿罗约街的。我只好照办，但预留了几支康乃馨给我的太太，她是那么可爱。至于要给特赫里纳的康乃馨，她家的看门人就负责后续的部分了。

"当我把惊险旅程告诉'小酒肚'的时候,他非常简明扼要地做了指示,使我想起了萨尔伦加先生:'我喜欢一击不中的女人。'他认为那个洛卡诺一点儿都不傻,她把花转送就是为了让特赫里纳怒火中烧,大发雷霆。"

三

直到一周后萨维斯塔诺才再次出现,他一直保持沉默,预示着将有暴风雨到来。最后我用一根香烟作为交换,还是从他身上套出了发生的事,他解释道:

"每天我都带着康乃馨到那幢房子的顶楼去。就像卡波纳神父会重复同样的话一样,这个故事也不断地重复。半个多小时后小姐才开门,一认出我,就递上一张名片,叫我丢到那个特赫里纳脸上,然后她把门关上,甚至根本不想搞清楚为什么'小酒肚'先生会费心如此。

"还有呢,前天在阿罗约的豪宅,仆人把我带到一间小客厅,跟我一起的还有个理发师,他像跳桑巴舞似的扭来扭去,一会儿工夫,特赫里纳流着眼泪的大眼睛让我着迷。她对我说,不管她怎么用头撞卧室的墙壁,也没办法弄明白究竟发生了什么,有时她甚至觉得自己快要发疯了。更有甚者,她感受到那个女人的仇恨,而自己从未对她做过什么。每次她打电话给'小酒肚',他都直接挂断。我回答她说,如果她付给我体面的报酬,那就可以拥有我这个无私的朋友。于是她先给了我一千比索,我走了。她真是跟洛卡诺很不一样,我心里想。

"昨天,当我照旧一丝不苟地带着花束去洛卡诺家时,意外的事情发生了,小姐甚至不想接受那些花。她在台阶的最高处大声地对我说,她对那些甜言蜜语的见鬼把戏已经厌倦。叫我第二天早上,如果没有实实在在的东西带给她,比方说格尔曼特斯珠宝店橱窗里的那种带翡翠的金戒指,就不用再去看她了。下午,'小酒肚'亲自去买了那个东西,这样就剥夺了我的佣金。我非常成功地把礼物带给了她,套在她指甲被啃得乱七八糟的无名指上。在我来办公室之前,我向'小酒肚'汇报了发生的事情,他给了我好几张一千比索的钞票。我们相处得很好,就像你看到的那样。"

四

在接下来的一次见面，萨维斯塔诺继续讲着他惊险离奇的连续剧：

"金戒指的成功给了他信心，'小酒肚'抓起了电话。我从门口听到他捏着大嗓门温柔地问她是不是喜欢那个戒指。接下来我被那个没有良心、忘恩负义的女人的辱骂声震聋了，她叫他让电话机休息一下，然后就把电话给挂了。

"'小酒肚'大笑了一声，但是听上去并不令人信服。他又塞给我一千块钱叫我别放在心上。

"俗话说得好，坚持的人才能吃到面包。'小酒肚'没有丝毫的气馁，他抓起那支令人畏惧的鲸鱼骨拐杖，命令我跟着他去看看绅士是怎样处理这种事情的。我就像一个影子，满怀好奇地跟着他。

"荷兰老钟表匠与'小酒肚'一起上楼到洛卡诺那里去了，因为钟表匠正好要把一只闹钟交给她。为了不把进出的路口堵住，我就站在楼梯下面，像在监视。那扇门热情地打开了。洛卡诺探出身来，因为生气，她显得挺难看的。洛卡诺递了个眼色，这个钟表匠小老头不知道自己要对付的是拳击场的大老虎，他抓住'小酒肚'的肩膀，把他举到空中，然后扔下楼梯，我赶紧把人扶起来，担心他把我们两个都揍一顿。前来过问的警察拿起拐杖和平顶帽一溜烟就不见了。'小酒肚'尽力站起来，我们俩乘上第一辆出租车逃走了。可怜的小老头在他的钟表店门口，像个奶酪球，憨厚地笑着。"

五

我们现代的山鲁佐德[1]，萨维斯塔诺就这样重新写起了专栏：
"'小酒肚'，他的血管中流淌着胜利者的血液，他在崭新的矫形外科病床上命令我马上去买一块14K金手表，要给洛卡诺更多的嫁妆。X光片讲得非常清楚：他四根肋骨断裂，光秃秃的脑袋有挫伤，石膏一直上到股骨；不过，看得出来，

---

[1] 阿拉伯民间故事集《天方夜谭》里宰相的女儿。

精神还不错。

"就在他给我钱的时候,电话铃响了。'应该是洛卡诺,她在为我的事故感到不安了,''小酒肚'凭直觉感受到,他很有把握。但是他搞错了。电话另一端的是体育部长,准备让他担任拳击俱乐部主席。难以置信,但'小酒肚'爽快地接受了。

"一出门,我就渴望跟帕尔多·萨利瓦索再续从前的老交情。那么多关于新公正酒店的亲切却被遗忘了的回忆!帕尔多通常在萨米恩托大街和翁布大街路口待着,我在那里找到了他,看到他头发已经花白,脸上爬满皱纹,就像人们常说的'更不干净了',但还是从前那个大人物。我不兜圈子,直接问他是不是愿意陪我完成一项非常棘手的使命,报酬另议。帕尔多说可以,我觉得他可能是醉了。

"面对致命的楼梯,帕尔多出其不意地又缩回到他毫无意志的自私自利之中,他表示楼上就不去了,说着就跟邻居聊上了,正是上次的那位钟表匠。我拿着事先在赃物商贸中心买来的手表,瑟瑟发抖地上楼去了。手指还在门铃按钮前犹豫的时候,洛卡诺正巧伸出头来,她想用桶泼水冲洗楼梯。我给她指了一下手中的礼物,她接受了,但是她强调,从今往后她宁愿要现钞,说着就把一桶水泼了下来。

"钟表匠让我进了他的店门,邀请我对着煤油炉烘干衣服,于是我脱了衣服。期间我们聊了起来。钟表匠跟我说,洛卡诺小姐是这一带很受欢迎的人,只有他和另外一个黑人对她不上心,因为是宅男。

"在差不多的时候我们就走了。在马路上,萨利瓦索把钱包还给了我,直截了当地告诉我说他已经把钱收了。于是我被迫走着回家去。"

六

"今天上午关于'小酒肚'又有一个新的惊喜。他的寓所,包括那个修车井,都灯火通明!好奇的心情催促我上了楼。又是一个惊喜!'小酒肚'已经起床了,他正挥动着他最得意的雪茄。他告诉我有好消息,兄弟般的叫我猜猜看。'洛卡诺同意了?'我低声地说。'还没有,但是一旦她知道了对我的新任命，就会同意了。由于那些阴谋家一贯的捣鬼和恩赐，拳击俱乐部主席的事黄了，但作为替代，他们又任命我一项级别更高的工作：文化部副部长。地位、薪水、买卖全有了！'

"我知道一人得道，鸡犬升天，所以就点头向他致意。'小酒肚'接着说：'你也别想逃，萨维斯塔诺，我没有多少文化，但幸运的是我拥有一位跟班，对这些东西无所不知：我讲的是，就像你揣测的一样，丰塞卡军士长，他住在三士官车行。我将任命他为我的左右手。你呢，也不会失去地位，你应该专心处理好洛卡诺的事。作为第一笔费用，我给一万；但是，别想糊弄我！你必须了解她每天做的事情，我会加倍赏给你的。'

"他给了我一个信封，上面写着名字，还用字母和阿拉伯数字写着数额。他用拐杖点了我一下，对我说：'再见！'

"对于像洛卡诺这样的女人，我脱帽致敬。她只是打开信封，仔细数了一下并命令我第二天要早点到。接下来的就是人所共知的经典甩门声。请您，布斯托斯先生，设身处地为我想想。我不得不没拿到收据就回去。如果早知道会发生这样的事情的话,那我就把信封拆了,先给自己留下十张一千比索的钞票,那将是真正的久旱逢甘霖!"

七

"在文化部,就职仪式很成功。'小酒肚'磕磕绊绊地读着丰塞卡和我替他写的漂亮潇洒的句子。香槟酒和小蛋糕源源不断。部长跟我一样是无党派,所以我从他那儿得到担任一国大使的承诺。'小酒肚'在记者招待会后做了一项决定,给自己从头到脚做一番全新的包装;他派我把信封交给洛卡诺小姐,告诉她当天下午六点整,他将乘坐官方轿车抵达,向她宣读那篇赢得了很多掌声的演讲。我出发去执行我的任务了,非常遗憾的是丰塞卡有机会留下来操控会场,靠他的阿谀奉承,还能得到现场官员们的好处。洛卡诺小姐正如可以想见的,把钱留下了,但是要我这个局外人提醒'小酒肚',如果他去她家,她就叫钟表匠毫不客气地把他丢出去。"

八

"九点钟我到了文化部。这一次丰塞卡起得比我早；'小酒肚'已经要在各省民间活动日第一版草案上签字了，庆祝活动将会在我国主要城市首次举行。我紧跟着很快起草了一份报告，准备递交给省政府，旨在根据最新的民意调查，修改一些街名。'小酒肚'浏览了一下稿子。其中的遗体归国公路[1]和黑蚂蚁大街尤其引起他的重视。这样巨大的工作量会让所有的人都躺倒的，但是'小酒肚'没有放松，当我的胃在空鸣的时候，他已经全身心地投入到具体任务中去了。他像拿破仑那样准备自己的战斗计划。首先他让我打电话给特赫多尔女士，告诉她我是从文化部委员会打电话给她的。然后他拿起话筒，用高层人士独有的平易近人的风格讲话，请求她在洛卡诺面前美言，提到她会感兴趣的报酬。他没有给自己一点喘气的机会，来了个九十度的转弯，联系古贝纳蒂斯神父，把事情原原本本

---

1 指庇隆夫人的遗体。

地给他讲清楚，并雇用他在自己的律师古诺·芬格曼的陪同下拜访洛卡诺。他还向神父承诺，会请他主持婚礼仪式，并且不会要求他降低要价。他又打电话给犹太人，简短地安排好明天的工作。他给丰塞卡和我提供了一辆官方的小轿车，让我们严密监视那两个人的所作所为。

"我们到了门口。对这次燔祭仪式最热切的芬格曼律师亲自按了门铃。小姐刚开了一条门缝，神父就把腿伸了进去，开始对房子进行祝福。大家都挤了进去，我断后。丰塞卡和他的助手捧在手里的陶土盘子中，飘出意大利面的阵阵香味，还有神父陆续从他的长袍里拿出来的奇安蒂葡萄酒，几乎解除了洛卡诺的武装，她邀请我们进了厨房。所有人落座。塑料桌布上很快就只剩食物残渣和葡萄酒渍。一点钟不到我们就坐好了，一直吃到五点钟。洛卡诺小姐没有讲过一句话，却像时钟一样吃着东西。寂静笼罩着一切，只听到五个人咀嚼的声音，大家都不讲话。填饱了肚子，神父开始慷慨陈词了。他以布道师的雄辩向洛卡诺小姐推荐'小酒肚'那白嫩的双手，他不仅拥有相当可观的个人财产，还在阿尔维阿大街领取一大笔薪水。结婚的一切费用将由'小酒肚'支付，他来安排新婚夫妻的宗教婚礼，广播和电视频道都将跟进报道。古诺·芬格曼律师拿出一些复印件，证明神父讲的基本上都是真的；他还说他的客户一点也不吝啬，月底之前将会给她想要的数字，可以预付，萨维斯塔诺和丰塞卡已经带来了支票。洛卡诺小姐已经保管好我带给她的信封，她接受了第一笔差不多能把我们吓死的数目。洛卡诺小姐说，她对这些初步的试探表示满意，但有一点她是绝不会让步的。她大声地提醒我们一生一世不得再对她提及佩雷兹先生，那人是个讨厌鬼，疯子也不会跟他结婚的。神父和古诺回避了一下，他们在讨论意外的转折。回来以后他们表示已经被小姐的理由折服。告别的时候没有苦涩，我们约定下一次再聚，一起享用意大利面和奇安蒂葡萄酒。"

九

"今天早上，当我浏览报纸的时候，布斯托斯先生，我几乎彻底厥倒了。后来我才回忆起来。昨天饕餮回来，我就在房间里睡觉了，直到听到电话铃响。是佩雷兹，出于朋友间的直率，他把我斥责一番，因为丰塞卡已经把一切告诉了他。

他向我保证会跟神父和古诺他们停止来往，并且会严厉训斥他们，我也一样。作为朋友我们背叛了他，而他已经做出了决定，不管这决定是多么的难以置信，他准备与洛卡诺小姐当面交锋。我因为特别困，因为那面条，实在支撑不住了，听他讲话就像听下雨一样。今天早上，当我看到铅字印刷的消息，想起了昨天的电话交谈，重新感受到他那暴怒的声音。在一些大事上，谁知道一个人会从什么地方获得巨大的勇气呢。出于好奇心，我独自去了曼西夏大街。洛卡诺小姐向我保证，如果她早知道会发生这样的事情，她宁可吞掉自己的舌头，也不会再拒绝他。咱们来看看她究竟得到了什么。她已经收不到每天的支票，'小酒肚'匆忙地饮弹自杀，在遗嘱中什么也不会给她留下。带着可以想象的沮丧，我仿佛也听到了对我自己的判决。像佩雷兹这样一个自私自利的家伙，他能因为一个丑女人不理睬他而自杀，那么在临死的关头他就能忘记曾经帮助过他、忍受过他的人。"

普哈托
一九七一年十二月七日

厘清责任

应名为梅胡托的作者的反复恳切要求，我的简报给这篇新奇的报告《磨坊主生平与著作》留了版面，这是我们通过航空和海路邮政收到的。

H.B.D.（布斯托斯·多梅克）

磨坊主生平与著作

一些感情冲动的人被某种最值得赞许的妒忌心所征服，他们试图诋毁普加·加拉桑斯博士最近的一本小册子：《搜寻佩德罗·苏尼加大师、外号"磨坊主"的创作》，这似乎不无道理。这件事在萨拉戈萨的报纸上，特别是在《普雷蒂夏叫卖》上搞得确实非常大。事实上也不是什么小事。在博览群书的渊博和不偏不倚的洞察力支持下，坚持不懈的普加刚刚证明了，里瓦德内伊拉之家出版社以磨坊主之名出版的书中绝大部分篇章确实是拙劣的伪作，甚至很蹩脚。毫无办法。还有，脍炙人口的《奶酪皮和凝乳》、《卤味兔》和《柚子夫人多伟大》等，也都不是他的作品，尽管它们曾经是马塞里诺·梅嫩德斯·佩拉约和其他敏锐批评家所钟爱的佳肴。但是不要过早地偃旗息鼓：在疼痛缓解之后已显露出一个积极的现象，它又给了我们前所未有的力量和勇气：我们站在了磨坊主的面前。在扫除了枯枝败叶之后，站立在我们面前的是他本人。

确实，这场讨论仍在继续。没有任何圣像毁坏者，包括加拉桑斯本人，敢于否认这一点：当磨坊主被盘问《奶酪皮和凝乳》出自谁之手时，他固执地反问，并且如铜像般坚决："难道这不是诗吗？难道不是诗人在作诗吗？难道我不是诗人吗？"

让我们仔细地检查事情的来龙去脉。根据神父布伊特拉戈的记载，对话发生在一七九九年四月三十日，而《奶酪皮和凝乳》早在一七二一年一月二日就被收入《阿拉贡乡村歌选》，值得一提的是这是苏尼加出生三十年之前的事。再延长这样的辩论毫无意义。然而不应该忘记的是，加利多在这段插曲中发现了一些柏拉图式的东西：磨坊主慷慨大方，他在那些诗人中发现了"大写的诗人"，并且并非出于私心地将那些八音节诗占为己有。这对我们过度的自私自利是非常重要的一课。

这件事很严肃，需要进行查证，而在我们查证之前，首先要做的就是向一位卓越的人物致敬，他对佩德罗·苏尼加大师——即磨坊主——当时散落各地的大量著作进行了辨认和出版。当然，我们指的是拉巴塔伯爵。说这话时我们已经到了一八〇五年。伯爵当时拥有瓜拉地区山地附近的粮食产地；出身低微的苏尼加用他的水来转动自己的磨盘。他在这个寂静的村子里创作。有一些我们从来无法弄清楚的奥秘在发生。也许是鲁特琴在弹奏，也许是排笛传来美人鱼的歌唱，也许是无意中重复诗句而回声激荡。古老的高大塔楼并不是障碍。拉巴塔入迷了，他倾听这些呐喊。平民的声音打动了他的内心。从这一刻起，它的确切日期已经被贪婪的年历窃去，这位先驱除了传播来自乡下百姓内心深处的叙事诗之外，心无旁骛。荣耀成就了他的桂冠。印刷出来的文字越来越多：《阿尔贝瑞拉的一页》无比热情地令读者流连；《巴约巴尔的明灯》也不将他们拒之门外。诗艺的巅峰坚定地向他袭来，伯爵得意地把他保护的人送进了宫廷。接二连三的荣誉与晚会。霍韦亚诺斯在他的额头上深深一吻。

理所当然的喜悦，并没有使我们忘记以平静的心态看待所有这些事情。时至今日，没有哪个人，尽管这一点很奇怪，关注过磨坊主最突出的一些特点：他天生的语言天赋，他藐视一切咬文嚼字的法则，包括他自己颁布的在内。所以在给拉拉尼亚加先生的贺信中——后者被提升为院士会议的候补成员——写道：

对改变某种声音的人……
你将会给他一支权杖。

在这已经成为经典的第一句里，热心的读者将依稀看到一种音节融合，这是苏尼加敏锐的耳朵所不能接受的；在第二句里，权杖（bastona）这个词会影响诗句的展开。有两种猜测引诱着学者们。一种是 bastona 这个今天不常用的词，可能是当时乡民们最原始讲法的一种非常珍贵的遗存；另一种则更加符合他强烈的个性，因为磨坊主想一劳永逸地确认语言从属于他，由他根据自己的心情来修整。

有一次，一位爱卖弄学识又好为人师的家伙，这种人是永远不会缺少的，当面念他的一首诗。如果我们遵照音节融合的原则，那么这首诗的韵律并不好。对此，苏尼加有个非常著名的回答，他反驳说："韵律不好吗？韵律不好吗？我可是用手指（西语手指是阳性名词 dedo，但苏尼加故意用了并不存在的阴性名词 deda）数过的。"所有的评论都是多余的。

虽然磨坊主是坚定的天主教徒，但是他并没有对本世纪民主人士震耳欲聋的鼓噪声充耳不闻。他深深地感受到了民主，尽管这个受法语影响的词汇在有些时候听到会让他恶心。他从一开始就追求每个词彻彻底底的独立。这位伟大的阿拉贡人的诗句就是证明。很显然，我们被时代破坏的品位不会欣赏这些诗句,我们听不懂它们的韵律,但它们确有自身的和谐。第一首标题为《尊告马加利翁市长先生》,用的是假名加尔杜尼亚。八音节诗句是这样的:

Se te huele, Manuel(已闻到你,马努埃尔)

我们必定会这样吟诵:

Se/te/hu/e/le, /Ma/nu/el。

另一个例子更加惊人,转抄如下:

Acude, alada hembra(它来了,展翅的雌鸟)
Ecave Zancuda(涉禽)。

懂行的读者会这样吟诵:

A/cu/de/a/la/da/hem/bra。

想想看，鲁文[1]的现代主义曾在海外批评界招来众说纷纭，而实际上他从来不曾想冒险做出这等勇敢和张扬的事情！

这里有一个令人信服的证据，它出现在佚名简报《孔普卢屯人》一七九五年卷第十九页第二栏；即便那些最渊博的学者对这简报是不是特拉诺瓦神父笔耕的问题也十分犹豫不决。下面是我们从原稿转抄的相关段落。原稿我们已经毫无拖延地归还给了阿利坎特主教图书馆。

苏尼加，又称磨坊主，进入官廷后，参加了诵读侯爵蒙图法尔的八音节三行诗诵读会，他认为侯爵在韵律方面还有欠缺。侯爵生性敏感易怒，反驳说："乡巴佬，真够土的。"

到了这个节骨眼上，文章被掐断了。磨坊主对此的反应会是多么强烈，差不多要拳打脚踢了吧。编年史家尽管掩藏在佚名之下，也不敢把那场景复述出来，甚至一点点

---

[1] Rubén Darío（1867—1916），尼加拉瓜作家，拉丁美洲现代主义诗歌最重要的代表人物。

挤眉弄眼的线索、暗示都不曾透露。诚然，我也不会冒险去补充缺憾；这已经叫我鸡皮疙瘩都起来了。

让我们马上来看一个军人故事，堪与戈雅的《愚行》媲美。在拿破仑势如破竹的入侵过程中，雨果将军深入拉巴塔地区。与其名字相同的公爵热情地接待了他，给这个外国佬[1]上了一堂古老的礼仪课。这样奇特的事情一传到苏尼加的耳中，他便想到了接近这个该死外国佬的办法。你想，那个外国佬怎么会不目瞪口呆呢，当他远远地看到一位巨人老头儿，一边疯狂地跳着霍塔舞，一边想来亲吻他的戒指，还喊叫着：

"是的，是的，先生，拿破仑万岁！"

另一个小小的例子。一八四〇年以来，我们把他的形象描绘成一个巨人，右手拿着大棒，左手拿着铃鼓。众所周知，大众的想象总是非常准确的。尽管如此，他唯一真实的肖像，出现在一八二一年由他的同胞兄弟佩德罗·帕聂戈代为出版的他的作品全集第一版中。矮小的身材、昏昏欲睡的眼睛、塌鼻子，穿着带铜质纽扣的粗布制服。这是不比特拉诺瓦神

---

[1] 这里原作者用的是 franchute（法国佬）一词。（H. B. D. 附注）

父的简短编年史中的那位逊色的艺术家，他逃避严酷的事实，用自己的笔改写信仰！

然而，我们的笔却陶醉于向印刷厂提供一则出自《讽刺挖苦与风趣集》（堂·胡里奥·米尔·贝拉尔特著，马德里，一九三四年）的轶闻。我们从中发掘出的惹人喜爱的文字，用不着添加半个字；事实就这样完整地展示出来了：

磨坊主途经哈卡，一帮无赖远远地看到他正在马路边跟一位风度翩翩的人交谈，为了嘲弄他的土气便大声地喊他：

"朋友，你跟谁在一起啊？"

对此，苏尼加脸不改色心不跳，回敬他们一句：

"跟雷巴希诺[1]。"

事后可以了解到，他正在跟一位代销商交谈，很简单，他期待能够从他那里得到一些降价（rabaja）。

---

[1] Rebajino 并非人名，而是与下面的降价（rebaja）一词有关。——译注

另一个让我们振奋的例子。就拿加拉桑斯来说，有人说他应受到谴责，说他有明显的恶意，确实如此。根据前面提到的《搜寻》一书第四百一十四页所反映的情况，科尔内霍的独幕滑稽剧《更好的公牛才有好牛肉》里珍藏着磨坊主不少精巧的诗句。令人印象深刻的十一音节诗《首当其冲》，时至今日，依然令听众吃惊和害怕。

Saco la espapapapapada（我拔出那利利利利利利剑）

那些演员被如是的勇敢吓着了，他们改成：

Sasasaco la espapapapapada（我拔拔拔出那利利利利利利剑）

它今天还在舞台上回响。那利利利利利剑在我们的头脑中画出了不同寻常的超大利剑的形象。

作为结束，我们还要提及《圣经》中的一种夸张手法。《圣经》中河马是复数名词 Behemot，泛指动物：磨坊主曾经在献给哈卡公爵的大胆诗句里这样描写一头驴，这些诗句曾经让马塞里诺先生的血液凝结：

　　比两三只兔子还要大。

　　磨坊主就这样反复琢磨着上帝的话，当缪斯向他发出召唤的时候，他就把那些话套在自己胜利者的战车上！试想，还有哪个吝啬鬼会拒绝给他诗人的委任状！

阿尔贝瑞拉
一九七二年五月二十日

JORGE LUIS BORGES
ADOLFO BIOY CASARES
Nuevos cuentos de Bustos Domecq

Copyright © 1995, María Kodama
Copyright © Heirs of ADOLFO BIOY CASARES and JORGE LUIS BORGES, 1991
All rights reserved

图字：09-2010-605号

图书在版编目（CIP）数据

布斯托斯·多梅克故事新编 /（阿根廷）豪尔赫·路易斯·博尔赫斯（Jorge Luis Borges），（阿根廷）阿道夫·比奥伊·卡萨雷斯（Adolfo Bioy Casares）著；陈泉译.—上海：上海译文出版社，2019.5
（博尔赫斯全集）
书名原文：Nuevos cuentos de Bustos Domecq
ISBN 978-7-5327-8036-5

I.①布… Ⅱ.①豪… ②阿… ③陈… Ⅲ.①短篇小说-小说集-阿根廷-现代 Ⅳ.①I783.45

中国版本图书馆CIP数据核字（2019）第072129号

布斯托斯·多梅克故事新编	豪尔赫·路易斯·博尔赫斯 著	出版统筹 赵武平
Nuevos cuentos	阿道夫·比奥伊·卡萨雷斯	责任编辑 张　鑫
de Bustos Domecq	陈泉 译	装帧设计 陆智昌

上海译文出版社有限公司出版、发行
网址：www.yiwen.com.cn
200001 上海福建中路193号
上海信老印刷厂印刷

开本850×1168 1/32 印张5 插页2 字数58,000
2020年7月第1版 2020年7月第1次印刷

ISBN 978-7-5327-8036-5/I·4938
定价：55.00元

本书中文简体字专有出版权归本社独家所有，非经本社同意不得转载、摘编或复制
如有质量问题，请与承印厂质量科联系：T：021-39907735